Kai-Michael Böttcher * Paris – Oosten - 19:00 Uhr

Dieses Buch ist meinem Sohn Georg gewidmet.

Kai-Michael Böttcher

Paris – Oosten
19:00 Uhr

Eine Utopie

Bibliografische Information der Deutschen Nationalbibliothek:

Die Deutsche Nationalbibliothek verzeichnet diese
Publikation in der Deutschen Nationalbibliografie;
detaillierte bibliografische Daten sind im Internet
über http://dnb.dnb.de abrufbar.

Herstellung und Verlag:
BoD – Books on Demand, Norderstedt

ISBN: 978-3-7357-5705-0

Eins

„Pass doch auf!"

Wolfgang war beim Auflegen eines Drahtes die Zange aus der Hand gefallen. „Und mach mich nicht noch nervöser, als ich schon bin."

Maurice wundert sich, warum er wegen der Zange angeranzt wird. Er hat ihm nur über die Schulter gesehen und ihn nicht einmal berührt. Trotzdem geht er einen Schritt zurück. „Ich habe immer noch nicht verstanden, was das hier soll", sagt er eingeschüchtert.

Wolfgang schraubt am Schaltschrank, löst ein paar Kabel, sieht kurz in seine Zeichnung, nimmt einen anderen Draht und befestigt ihn in dem für Maurice undurchsichtigen Gewirr aus technischen Geräten und Kabeln.

„Ich habe immer noch nicht verstanden, was das hier soll", wiederholt Maurice, als habe Wolfgang ihn eben nicht gehört.

„Halt doch mal die Klappe!", fährt dieser nur schroff zurück.

Maurice sagt nichts. Er geht zum Fenster und sieht über das nächtliche Paris. Auf was hat er sich da eingelassen? Ein blöder Kerl, dieser Wolfgang.

Er sieht sich um, es ist ein merkwürdiger Raum. Hier gibt es keine Möbel, jedoch mehrere Schaltschränke voller Elektronik, wie sie sonst nur in großen Fabrikhallen herumstehen. Sie passen nicht zu einer Altbauwohnung mit verwohntem, jedoch kostbarem Holzparkett. Sie stehen mitten im Raum. Wer auch immer sie hier aufgestellt hat, hat sich keine Mühe gegeben, sie gerade hinzustellen.

Dort, wo früher einmal Bilder hingen, zeichnen sich an den Wänden helle Rechtecke ab. Was mögen das für Menschen gewesen sein, die hier gewohnt haben, überlegt sich Maurice. Vermutlich war die Wohnung sehr stilvoll eingerichtet, jedenfalls sind die Tapeten in allen Räumen mal sehr kostbar gewesen. Ohne Möbel und ohne Leben wirkt vermutlich jede Wohnung traurig und verlassen. Aber eigentlich interessiert es ihn nicht, was hier einmal für Menschen gewohnt haben.

Gelangweilt streift er durch die ebenfalls leeren Nebenräume der Wohnung. Hauptsache, etwas weg von diesem sonderbaren Menschen.
Er bleibt schließlich an einem Fenster stehen und sieht auf die unter ihm liegende, geschäftige Stadt hinab.
Nicht weit von seinem Fenster entfernt ragt der Eiffelturm majestätisch in die Höhe. Der Himmel ist von der Sonne romantisch rot gefärbt.

Maurice lehnt sich bequem an den Fensterrahmen und versucht die Abendstimmung zu genießen, obwohl die Atmosphäre in der Wohnung so ist, als würde die Luft knistern.

Er hat eben für diesen Job 1500 Euro bar auf die Kralle bekommen, dafür darf Wolfgang ihn ruhig auch ein wenig nerven, denkt Maurice bei sich, dennoch ist ihm die ganze Situation unheimlich.

Nach einer Weile ruft Wolfgang: „Ich bin fertig, wir können jetzt einschalten." Als Maurice in das Wohnzimmer zurückkehrt, sitzt Wolfgang auf einer hölzernen Werkzeugkiste und mustert zufrieden seine Arbeit. Maurice stellt sich in gebührendem Abstand neben ihn, sagt allerdings nichts. Am Schaltschrank brennt jetzt eine weiße Lampe.

Nach einem kurzen Moment steht Wolfgang von seiner Kiste auf und öffnet sie. Er holt daraus eine Aluminium-Box, etwa so groß wie ein Schuhkarton und stellt sie feierlich auf die Fensterbank.

Er öffnet sie so vorsichtig, dass man meinen könnte, ein Ungeheuer würde ihm jeden Moment entgegenspringen. Maurice verlässt seinen Platz nicht, dafür wird sein neugieriger Hals immer länger und als der Deckel ganz geöffnet ist, sieht er nur zwei weiße etwa tischtennisballgroße Kugeln. Der Rest der Box ist zum Schutz mit schwarzem Schaumstoff ausgefüllt.

Wolfgang entnimmt eine der Kugeln wie ein rohes Ei und platziert sie auf der Fensterbank neben der Alu-Box. Durch das Fenster sieht man im unteren Teil ein schmiedeeisernes Geländer, wie es typisch für Pariser Altbauwohnungen ist. Dahinter ragt stolz der Eiffelturm zum Himmel.

Maurice geht ein paar Schritte näher ans Fenster heran und achtet darauf, Wolfgang nicht zu nahe zu kommen.

An einer Seite hat das kugelförmige Ding in Wolfgangs Hand einen Steckeranschluss, Maurice kann ihn deutlich erkennen. Trotzdem wirkt alles irgendwie unwirklich. Wolfgang holt ein Kabel aus seiner Tasche und verbindet es dort mit dem Objekt. Seine Bewegungen sind so vorsichtig, dass es wie in Zeitlupe wirkt. In dem Moment, als er das andere Ende der Leitung im Schaltschrank mit den dafür vorgesehenen Klemmen verbindet, fängt die Kugel an, wie ein Opal in allen Farben zu schimmern.

„Sieht ja geil aus ...“ Maurice ist entzückt.

Wolfgang sieht seinen Gehilfen unfreundlich an, worauf dieser das sonderbare Teil sofort mit ernster Miene fixiert und einen Schritt zurück an seinen alten Platz geht.

„Funktioniert es so, wie du wolltest?“, fragt er von dort etwas eingeschüchtert und respektvoll.

„Denke schon. Jetzt brauche ich dich, bist du fertig?“ Der Strom wird von ihm wieder abgeschaltet, woraufhin die Kugel und auch die Lampe am Schaltschrank erlöschen.

Er holt einen schwarzen, gefütterten Samtbeutel und ein Foto aus seiner Kiste und legt die zweite Kugel behutsam in den Beutel. Dann holt er noch etwas aus der Kiste und gibt es Maurice zusammen mit dem Beutel.

„Hier ist das Gegenstück zu meinem ..." Wolfgang spricht seinen Satz nicht zu Ende. „ ... und der Halter dafür."

Dann hält er ihm das Foto vor.

Maurice hat plötzlich Angst. Verwirrt überdenkt er noch einmal seine Situation.

Er hat Wolfgang Trasom vor weniger als einer Woche in einer Kneipe kennengelernt. Eigentlich hatte er ihn gar nicht kennengelernt, sondern ihm, in einem Gewühl aus Menschen, versehentlich etwas von seinem Rotwein über das Hemd gegossen.

Er versprach, den Schaden zu bezahlen, aber Wolfgang schlug vor, dass er ihm dafür einen Gefallen tun und dabei sogar noch Geld verdienen könne.
Den Halter, den Wolfgang ihm nun entgegenstreckt, hatte er auch damals dabei und sagte, er solle ihn mit einer Kugel an einem unauffälligen Ort im Gerüst des Eiffelturms befestigen.

Maurice dachte, es würde eine illegale Kamera installiert, weil er so einen Halter schon am Computer eines Freundes gesehen hatte.

Maurice nimmt das Foto. „Das ist der Blick von der zweiten Ebene, siehst du das Fenster dieser Wohnung?", fragt Wolfgang, während er mit dem Finger auf einen Kreis deutet, der mit einem Kugelschreiber in das Bild gemalt wurde.

Maurice sieht auf das Foto und nickt. Dann öffnet er den Beutel und holt das sonderbare Ding vorsichtig noch einmal heraus. Der Halter war tatsächlich ursprünglich für eine Webcam vorgesehen, aber Wolfgang hatte ihn so umgebaut, dass man das gläserne Objekt damit irgendwo festclipsen kann.

Die Kugel verschwindet wieder im Beutel und Maurice fragt: „Ich muss weiter nichts tun, als die zweite Plattform des Eiffelturms zu besteigen und das Ding in deine Richtung zu halten?" Er sieht den Beutel in seiner Hand dabei skeptisch an.

„Genau." Das Gesicht seines Auftraggebers wird etwas freundlicher.

„Wenn du die Richtung gefunden hast, in der das Teil zu leuchten beginnt, dann hänge es unauffällig auf, damit es ruhig bleibt. Bitte achte darauf, dass dich niemand sieht."

„Schon klar." Maurice geht mit langsamen Schritten rückwärts auf die Tür zu und hebt übertrieben lässig zum Abschied die Hand.

„Dann los!", befiehlt Wolfgang. „Ich schalte den Strom in genau zwei Stunden wieder ein."

Sein Gehilfe dreht sich rasch um und verschwindet nun zügig aus der Wohnung.

Wolfgang konzentriert sich noch einen Moment auf die Schritte im Treppenhaus und setzt sich dann nachdenklich auf seine Holzkiste. „Was würde der Grauhaarige sagen, wenn er das hier sehen würde?" Er lehnt sich zurück und sieht auf die Uhr. In zwei Stunden ist es neunzehn Uhr.

Er möchte stolz auf sein Werk sein, gleichwohl sind seine Gedanken bei der Gruppe, von der er sich nun, nach so vielen Jahren, endgültig losgesagt hat. Ein Arzt würde ihm sicher eine fette Depression bescheinigen. Sein Magen fühlte sich schon vor der Trennung von seinen Freunden, ja eigentlich schon seit Jahren, verkrampft und immer schmerzhafter an. Aber solange es dieses Ziel gab, wurden die Beschwerden von seinem Verstand aus nicht mit seinem Tun in Verbindung gebracht. Er betrachtet seine fertigen Schaltanlagen. Hat er die Gruppe hiermit verraten?

Der Grauhaarige ermahnte ihn, dass er dem „System" und nicht den Menschen dienen würde. Jeder in der Gruppe hatte sein Thema. Isaac redete ewig von der geistigen Welt, während Albert das Leben als den Aufbau der zukünftigen Geschichte aus der gelebten Geschichte verstand.

Kasper hat wie er eine eher technische Sicht auf die Welt, aber helfen wollte er ihm auch nicht. Der Grauhaarige hat das „System" nie wirklich beschrieben. Es blieb für ihn genauso diffus wie die geistige Welt.

Jetzt keimt wieder Feuer in ihm auf und er stellt sich stolz vor seine Anlage. Er muss das Projekt durchziehen. Seine Freunde wollen ihm nicht helfen, deshalb wird er es eben allein tun.

Er murmelt still für sich: „Auch wenn sich der Grauhaarige immer in den Mittelpunkt spielt, er ist nur einer der Gruppe, so wie Kasper, Albert, Isaac und ich."

Er nickt mit dem Kopf, zur eigenen Bestätigung.

Maurice geht derweil ohne zu hetzen die Rue de Passy hinunter und gelangt über die Pont d'Iéna zum berühmten Wahrzeichen von Paris.

Für seine Eintrittskarte wartet er nur etwas mehr als eine halbe Stunde in der Reihe, die sich unter den vier Füßen des 7500 Tonnen schweren Kolosses längs schlängelt. An sonnigen Tagen kann man es hier auch auf drei oder vier Stunden bringen, bis man die Kasse erreicht und zur Personenkontrolle durchgelassen wird.

Ob Wolfgang an die Kontrollen gedacht hat? Was soll er tun, wenn man ihm den Halter oder den Beutel abnimmt? Maurice sieht durch den über dreihundert Meter hohen Stahlkoloss nach oben.

Bei der Sicherheitsschleuse behält er den schwarzen Beutel in der Hosentasche und legt den Halter, wie selbstverständlich, zu seinem Schlüssel und dem Portemonnaie. Nach einem flüchtigen Blick des Uniformierten steckt er seine Sachen wieder ein und geht die Treppen hinauf bis an die verabredete Stelle.

Er sieht auf seine Uhr, nur noch fünf Minuten. Er sucht eine Stelle, an der er den Halter unauffällig anbringen kann. Es ist gar nicht so einfach. Ein Metallträger, der nach außen wie ein U geformt ist, eignet sich dann doch als gutes Versteck.

Plötzlich spürt er ein leichtes Vibrieren durch den Beutel in seiner Hosentasche und weiß, dass Wolfgang nun den Strom eingeschaltet hat.

Er öffnet den Beutel und holt die gläserne Kugel heraus. Jedes Mal, wenn er sich unbeobachtet fühlt, hält er die flache Seite der zitternden Kugel in Richtung des Hauses, aus dem er vor zwei Stunden gekommen ist. Er hat das Foto, das Wolfgang ihm extra gegeben hat, gar nicht gebraucht.

Wolfgang steht unterdessen vor seinem Schaltschrank und beobachtet den Zeiger eines Messinstrumentes, das in eine der Metalltüren eingebaut ist.

Der Zeiger vibriert am untersten Bereich der Skala, etwa um ein Ampere herum.

Wolfgang schaut aufgeregt zum Eiffelturm hinüber und murmelt: „So ein Idiot, er muss das Ding etwas drehen." Das Fenster ist geöffnet und mit sanftem Großstadtrauschen und zeitweiligem Hupen strömt frische Abendluft durchs Zimmer.

Plötzlich schlägt der Zeiger bis zum Endanschlag der Skala aus. Über dem Eiffelturm zuckt ein blauer Blitz in den Himmel und überall zwischen den Eisenträgern funken, laut prasselnd, elektrische Entladungen und die leuchtende Kugel an seinem Fenster erzeugt vibrierend einen Ton, der Wolfgang durch alle Glieder fährt.

„Mist, Mist! Verdammte Scheiße!", flucht er und haut hektisch auf den Notausschalter.

Die Kugel auf der Fensterbank ist wieder farblos und still. Das schwarze Stahlgerüst in der Ferne steht, als ob nichts gewesen wäre, in der roten Abenddämmerung.

Seine Knie zittern und es weht ein zarter Windhauch durch das offene Fenster.

Wolfgang lässt sich auf seine Holzkiste sinken. Er spürt nicht, dass seine Zähne die Unterlippe zerkauen. Er presst seine geballten Fäuste an die Stirn und schluchzt. Seine Haut schmerzt, als fließe in seinen Adern plötzlich ein verdorbenes Sekret.

Irgendwann springt er auf und steckt die Kugel von der Fensterbank zurück in die Aluminium-Box und verlässt damit fluchtartig die Wohnung. Er folgt zunächst Maurice und rennt ebenfalls Richtung Eiffelturm, aber nach dem neunten Polizeiwagen, der mit lauter Sirene an ihm vorbeirast, ändert er seinen Plan und geht langsam in eine andere Richtung.

Zwei

Kommissar Buck sitzt im Fährkrug in der kleinen Ortschaft namens Oosten in einem Nebenraum und befragt fast gelangweilt einen Zeugen. Es ist eine für seinen Beruf typische Situation: Es gibt eine Leiche und niemanden, der direkt etwas gesehen hat, dafür jede Menge haltloser Vermutungen und Anschuldigungen gegen unliebsame Nachbarn. Mit einigen Zeugen scheint die Phantasie durchzugehen. Sie erzählen haarsträubende Märchen, die der Kommissar befremdet zur Kenntnis nimmt.

Als er mit dem Zeugen, den er gerade vernimmt, fertig ist, öffnet er dem Befragten die Tür und ist nun allein im Zimmer des Gasthauses, welches direkt am Ufer der Oste liegt. Buck sieht eine Landkarte an der Wand hängen und studiert die Namen und Entfernungen zu anderen Orten in der Nähe. Hemmoor, Drochtersen, Hüll, Krummendeich. „Merkwürdige Namen", denkt er. Buck lebt in Hamburg und stellt fest, dass ihm nicht nur die Umstände des Todes in diesem Fall, sondern die ganze Gegend unbekannt ist. Es gibt ein riesiges Gebiet auf der Landkarte, von dem er noch nie etwas gehört hat, obwohl er nur 70 km entfernt wohnt.
Obwohl, von Bützfleth hörte er neulich einmal in den Nachrichten. Hier soll ein großes Kraftwerk gebaut werden und wieder einmal regt sich dagegen Widerstand in der Bevölkerung.

Aus dem Fenster sieht Buck die Kollegen der Spurensicherung geschäftig hin- und herlaufen.

Er lässt seinen Blick über den Vorplatz schweifen. Das also ist Oosten, sagt er zu sich.

Dann setzt sich Buck auf einen Stuhl und blättert in seinen Notizen. Das Opfer heißt Wolfgang Trasom, hat die letzten Wochen in Paris verbracht, lebte davor zwei Jahre in Russland und liegt jetzt hier, fürchterlich entstellt, in Oosten unter der Schwebefähre. Er klappt sein Buch zu und klopft damit verlegen auf die Tischkante, als versuche er so den speckigen Seiten einen neuen Gedanken abzuringen.

In der Ferne hört man, wie bereits den ganzen Vormittag lang, wieder ein Martinshorn, das sich dem Tatort nähert.
Kurze Zeit später fährt ein silberner BMW mit einem aufs Dach gestellten Blaulicht und hoher Geschwindigkeit auf den großen Platz vor dem Fährkrug.

Dem jungen Polizisten am Steuer scheint es mächtig Spaß zu machen, für kurze Zeit der Star der Szene zu sein. Kinder, die den ganzen Morgen wild durchs Dorf rennen, hier und dort auf Mauern und auf Bäume klettern, um ja nichts zu verpassen, wollen jetzt dem tollen Auto möglichst nahe kommen. Sie müssen vom Oostener Dorfpolizisten zurückgedrängt werden, weil das rot-weiße Absperrband, welches den Tatort absperrt, sonst in Kürze vermutlich gerissen wäre.

Der Fahrer öffnet die hintere Fahrzeugtür und der Mann, der gemächlich aus dem Zivilwagen aussteigt, tritt kurz darauf zu Kommissar Buck in den Raum im Fährkrug. Er hält mit beiden Armen eine alte abge-

wetzte Aktentasche und bewegt sich langsam auf
Buck zu.

„Guten Tag, Herr Kollege, ich bin Jean Musca vom
Departement Paris. Ihre Kollegen aus Hamburg waren
so nett, mich hierher zu fahren.“ Dann presst er seine
Aktentasche nur mit dem linken Arm an den Körper
und reicht die rechte Hand zur Begrüßung.

„Nehmen Sie Platz“, sagt Buck nach dem Hände-
schütteln und zeigt auf einen Stuhl, der ihm gegenüber
steht.

„Merci, ich habe die ganze Zeit gesessen, ich stehe
lieber ein wenig, wenn es Ihnen recht ist.“ Er geht
zum Fenster und wirft einen Blick auf die Arbeit der
deutschen Polizei, die immer noch in vollem Gange
ist.

Bevor er etwas sagt, fragt Buck: „Sie sind sehr schnell
aus Frankreich hergekommen, hat das einen Grund?
Immerhin haben wir die Leiche erst kürzlich gefunden.“

„Die Pariser Polizei ist immer schnell“, lacht Musca.

„Witzig.“ Buck ringt sich gequält, um nicht unfreundlich zu wirken, ein Lächeln ab, fragt dann aber nach:
„Was interessiert Sie so sehr an unserem Fall?“

Der Franzose lässt seine Aufmerksamkeit von dem
Treiben vor ihrem Fenster ab und wendet sich Buck
zu. „Ich stehe sehr unter Druck“, sagt er und verzieht

dabei derart sein Gesicht, als erwarte er von Buck irgendeine Art von Hilfe.

Dieser mustert den Franzosen misstrauisch. Ein hagerer Mann, dem die jahrelange Kriminalarbeit sorgenvolle Falten ins Gesicht geschrieben hat. Buck signalisiert mit einer minimalen Handbewegung, dass er bitte weiterreden möge, um ihm die Ursache seiner Lage zu erklären.

„Vor vier Wochen wurde auf dem Eiffelturm ein Mann von einem Blitz erschlagen. Die Gerichtsmedizin hat eindeutig bestätigt, dass es sich um einen Unfalltod handelte, der durch einen Blitz ausgelöst wurde. Meine Kollegen hatten den Fall deshalb schnell abgeschlossen.“

Buck steht neugierig von seinem Stuhl auf und geht dichter an Musca heran. Er setzt sich gespannt auf die Tischkante, direkt vor den stehenden Franzosen, und fragt: „Warum stehen Sie dann unter Druck?“

Musca rückt ein paar Zentimeter von Buck ab. Er wundert sich über dessen Reaktion, weil er ihm doch eigentlich noch gar nicht viel erzählt hat.

Trotzdem fährt er fort: „Auf dem Eiffelturm kann niemand durch einen Blitz getötet werden. Eine dreihundert Meter hohe Stahlkonstruktion, die Blitze förmlich aufsaugt, ist mit den besten Blitzschutzvorkehrungen ausgestattet. Die Presse hat uns seither in der Mangel. Es gab außerdem an dem Tag kein Gewitter, auch nicht in der Nähe. “

Kommissar Buck tippt nervös mit den Fingern auf der Tischplatte herum und versucht zu kombinieren: Wolfgang Trasom, schon allein der Name des Toten ist merkwürdig. Dann die Zeugenaussage des Gemeindepastors. Er mustert seinen Gast ein zweites Mal, diesmal weniger distanziert.

„Was ist?", fragt Musca, als Bucks Blick an ihm heruntergleitet. Er fühlt, wie die grauen Zellen seines Gegenübers auf Hochtouren arbeiten. Buck sagt nichts, nur seine Finger tippen etwas langsamer.

Er überlegt, dass er dem Gottesdiener heute Morgen kaum zugehört hat. Aber nun dieser Franzose. Gibt es einen Zusammenhang mit dem Toten auf dem Eiffelturm? „Ich möchte Ihnen gerne unsere Leiche zeigen, gehen wir hinaus?", sagt er für Musca etwas überraschend, in auffforderndem Ton.

Musca, der eigentlich noch auf eine Antwort auf seine Frage wartete, folgt ihm zögernd. Beide verlassen den Fährkrug. Direkt neben dem Gasthaus ist die Zufahrt auf die alte Schwebefähre. Vor über einhundert Jahren eröffnete diese Querung über die Oste den Menschen die Möglichkeit, hier auch im Winter über den zugefrorenen Fluss zu gelangen. Dieses bescherte dem Ort wirtschaftliche Kraft und Reichtum.

Heute steht die denkmalgeschützte Stahlkonstruktion verlassen, wenige hundert Meter neben der neuen Brücke, über die der Straßenverkehr in gewöhnlicher Eile hinwegbraust, und wartet nur noch auf Radfahrer und Urlaubsgäste, die sich gemütlich über das Wasser fahren lassen, um für diesen Moment den langsameren Herzschlag einer vergangenen Epoche zu erahnen.

Die Zufahrt auf die Fähre teilt sich nach wenigen Metern. Links führt die alte Fahrbahn auf die Fähre und rechts läuft eine betonierte Fahrspur abwärts zum Wasser. Kurz vor der Wasserkante deckt ein helles Tuch einen menschlichen Körper zu.

Die Kommissare gehen bis an die Leiche heran, mit minimaler Handbewegung fordert Buck einen Polizisten, der neben dem Toten steht, auf, das Tuch zu entfernen.

„Ihre Leiche ist ja auch vom Blitz erschlagen!", sagt Musca und haut sich dabei mit den flachen Händen gegen die Wangen. Er bleibt für einen Moment sprachlos stehen. Seiner ganzen Haltung ist anzusehen, dass es eine echte Überraschung für ihn ist.

„Ich weiß, jedenfalls hat die Vorortobduktion das ergeben", antwortet Buck, als sei es eine Bagatelle. „Es kann jedoch gar nicht sein, weil hier kein Gewitter war. Wir müssen daher die eigentliche Obduktion abwarten."

Buck sagt es mit leicht spöttischem Unterton, als wolle er dem Kollegen beweisen, dass die deutsche Polizei ihre Fälle nicht so leichtfertig abschließt.

Musca ignoriert die Stichelei und kniet sich vor den am Boden liegenden Körper und betrachtet die Verletzungen. Der Mann ist am Rücken und an den Füßen schlimm verbrannt. Das offene Fleisch klafft in blutigen Lappen durch schwarz verkohlte Stellen und durch die zum Teil offenliegenden Rippen quellen die Gedärme. Das Gesicht sieht aus, als sei der Mann aus größerer Höhe auf den Beton geschlagen, unter einer der Augenhöhlen wächst sich eine Lache geronnenen Blutes aus.

„Kann er da runtergefallen sein?", fragt der Franzose ungläubig. Er schätzt die Entfernung zur hängenden Konstruktion. Aus dieser Perspektive versteht der Gast aus Frankreich, warum dieses Stahlgerüst Schwebefähre heißt.

Er sieht von unten gegen die Fahrbahn, die hängend über dem Ufer schwebt. Wäre jemand von dort oben heruntergefallen, würde er auf den großen Steinbrocken liegen, die direkt unter der Fähre das Ufer befestigen. Die Leiche liegt jedoch fast 20 Meter weit entfernt. Eine Distanz, die auch den athletischen Sprung eines Flüchtenden ausschließt.

„Etwas muss ihn heruntergeschleudert haben", erwidert Buck und steckt sich genussvoll einen Kaugummi in den Mund. Er hält dem Franzosen einladend die offene Kaugummidose hin, dieser schüttelt den Kopf und signalisiert dem Beamten, der die ganze Zeit das Tuch hochhält, es wieder runterzulassen.

„Haben Sie denn schon herausbekommen, wo der Tote gewohnt hat?", fragt Musca in forschendem Ton.

„Er war nicht von hier."

„Was ist mit Mietwagen, Übernachtungen ... ? Der Mann muss doch irgendwo gesehen worden sein."

Buck sieht den Franzosen nachdenklich an, geht aber nicht weiter auf dessen Fragen ein. Sie gehen die Betonschräge wieder nach oben und betreten die Fahrspur der Fähre, die unter der imposanten Stahlkonstruktion hängt. Auf der Fahrbahn, die nur noch von Oldtimern befahren werden darf, stehen Bänke, um den Besuchern die Überfahrt komfortabler zu machen. Die Kommissare setzen sich auf eine davon und blicken über den gemächlich dahinfließenden Fluss, an dessen Ufern sich sanft das Schilf hin- und her wiegt. Die Schwalben stellen gekonnt den Mücken nach, und es scheint, als freue sich die Natur, ihre beschauliche Ruhe zurückgewonnen zu haben.

Außer dem gewaltigen Stahlgerüst der Fähre erinnert nichts mehr an das geschäftige Treiben von früher, als die Oste Hauptverkehrsweg für Boote und Schiffe mit Waren aller Art war und die Landfahrzeuge nur hier in Oosten den Fluss kreuzen konnten.

Unterhalb der Kommissare liegt die zugedeckte Leiche.

„Was verbindet Wolfgang Trasom mit Ihrem Fall?", will Buck wissen. „Die Gemeinsamkeit mit den Verbrennungen konnten Sie in Paris doch noch nicht wissen. Warum sind Sie hierher geeilt?"

Buck schlägt die Beine übereinander und faltet seine Hände um das Knie. Er erzählt ihm nicht alles, das fühlt Musca. Sollte er offen mit ihm reden?

Auch Musca nimmt eine bequeme Haltung ein, sodass die beiden Männer wie zwei Urlauber bei einem Ausflug aussehen.

Der Franzose atmet tief durch und berichtet dann: „In Paris sind an den wichtigsten Straßen und an vielen Plätzen Überwachungskameras installiert. Auf Videos haben wir gesehen, dass unser Opfer aus einem Haus kam, in dem von Wolfgang Trasom eine Wohnung angemietet war. Die Durchsuchung dieser Wohnung ergab ganz neue Gesichtspunkte."

„Ich verstehe", sagt Buck bedeutungsvoll.

„Genau!" Musca zeigt mit dem Finger nach unten, „der Mann dort war unser Hauptverdächtiger..."

„...und als Interpol den Tod des Mannes meldete, sind Sie natürlich sofort losgefahren.", fällt ihm Buck ins Wort.

„Was können Sie mir denn über den Toten sagen? Haben Sie schon etwas herausbekommen, das mir weiterhelfen kann?", fragt Buck weiter.

„Er hatte angeblich Kontakt zur russischen Mafia", antwortet Musca.

Drei

Während die beiden Polizisten auf der Fähre sitzen und sich unterhalten, schleicht ganz in der Nähe jemand um eine alte Kate herum. Das ist ein kleines Häuschen und liegt verlassen hinterm Deich, mit einem verwilderten, romantischen Garten. Das Reetdach reicht tief herunter und lässt nur Platz für kleine, schmale Fenster. Zur Fähre sind es von hier keine fünfhundert Meter.

Genau an dieser Stelle stand schon vor dreihunderttausend Jahren eine von Urmenschen bewohnte Hütte. Die Jäger bauten sich Speere und konnten das Mammut erlegen und die Frauen sammelten Früchte, Pilze, Nüsse und Samen. Sie gingen aufrecht und nahmen sich von der Natur, was ihnen die Natur anbot.

Seit dieser Zeit entwickelte der menschliche Geist erstaunliche technische Fähigkeiten. Er formte Steine, verwendete die Knochen toter Tiere und schnitzte trocknes Holz. Außerdem lernte er das Feuer zu beherrschen. Aber er kam nicht auf den Gedanken, die Kräfte der Erde selbst anzuzapfen.

Erst vor fünfzehntausend Jahren war es auch genau an dieser Stelle, dem heutigen Oosten, dass ein Mensch mehrere Körner in die Erde legte, in der Hoffnung, aus ihnen würden neue Pflanzen wachsen. Er hat Samen nicht versehentlich verloren, es war also kein Zufall. Diese erste Aussaat trug einen neuen Gedanken in sich.

Es ist ansonsten kein besonderer Ort. Hier fanden keine religiösen Feste statt, auch die Bewohner waren keine besonderen Menschen. Hier musste die Erde zum ersten Mal aushalten, dass sich der menschliche Geist durch Wünsche in sie hineinbrannte.

Im Inneren des Hauses sitzen Albert Berg, Isaac Newborg und Kasper Vladow in der gemütlichen Stube. In der Ecke steht ein vergilbter Globus, der von einem Messinggestell gehalten wird. Rings herum sind Regale aus dunklem Holz, angefüllt mit alten geheimnisvollen Büchern.

„Wann wollte er kommen?"

„Kurz nach sieben."

Der Mann im Garten beobachtet die Männer im Inneren. Isaac verlässt das Zimmer und kommt mit einem kostbaren Teeservice zurück. Aus der Kanne steigt beschaulich feiner Dampf empor. Isaac hat einen karierten Pullover an, wie er gerne in Schottland getragen wird. Isaac scheint der Jüngste in der Runde zu sein.

Kasper hat dunkle Haare und eine braune und faltige Haut. Er ist gut gekleidet, überhaupt sind alle drei Männer sehr attraktiv. Die schleichende Person im Garten wagt sich noch dichter an das Haus heran und hat jetzt hinter einem kleinen Busch ein gutes Versteck gefunden. Er kann von hier, wenn er selbst leise atmet, auch Stimmen im Haus hören und verstehen.

Er hört, wie Albert fragt: „Was ist mit Wolfgang passiert? - Hat der Alte ihn getötet?"

Und Kasper, der dunkelhäutige Mann mit russischem Akzent, antwortet: „Der Alte hat uns immer wieder gewarnt, dass das hier kein Kaffeekränzchen ist. - Traust du ihm wirklich einen Mord zu?"

Kasper erzählt weiter, dass er sich mit Wolfgang getroffen hat und dass dieser die Gruppe um Verzeihung bittet. Er gab ihm die Aluminium-Box, die auf dem Tisch steht.

„Weißt du auch, wo das andere Renalgejum ist?", fragt Isaac, der junge Mann im Schottenpullover.

Weil niemand den Lauscher im Garten bemerkt hat, hört dieser nun, dass ein Helfer von Wolfgang mit Namen Maurice ein Renalgejum mit auf dem Turm hatte und es daher vermutlich bei der Polizei in Paris sichergestellt ist. Den Sinn der Worte versteht der Mann hinter dem Busch aber nicht.

„Wolfgang gab mir nur die Gegenseite zurück", sagt Kasper und zeigt dabei auf den dunklen Holztisch in der Raummitte, auf dem die geheimnisvolle Glaskugel in der Aluminium-Box liegt.

„Kann man ein Neues bauen?"

„Schon, nur dauert das wieder hundert Jahre."

In der Stube herrscht, obwohl draußen die Sonne scheint, eine düstere Atmosphäre. Der Fremde am

26

Fenster überlegt, ob er seinen Posten wieder verlassen sollte, weil der Mann, den er hier zu finden hoffte, nicht zu sehen ist. Es ist eigentlich nicht seine Art, in fremde Vorgärten zu schleichen und seine Mitmenschen zu belauschen. Aber die Ereignisse der Nacht lassen ihm keine Ruhe. Deshalb sieht er weiter durchs Fenster in die Stube und schnappt einzelne Bruchstücke des Gesprächs auf.

„... aber hat er nicht gesagt, dass er es überall auf der Welt finden würde?", hört er mit russischem Akzent gefragt.

„Ja, das hat er gesagt, deshalb sollten wir uns jetzt noch keine Sorgen machen. Warten wir doch einfach ab, ob er wirklich um sieben Uhr kommt. Auf die vier Stunden kommt es nicht an."

Bei diesen Worten dreht Albert gelangweilt mit einer Hand langsam den alten Globus.

„Guten Abend."

Die Männerrunde zuckt zusammen. Die Hand, die eben fast zärtlich die vergilbte Welt drehte, stoppt vor Schreck schlagartig die Kugel.

Auf dem freien Ledersessel am Kamin sitzt plötzlich ein bärtiger, grauhaariger Mann. Seine blauen Augen grüßen jeden in der Runde wortlos, mit einem tiefen Blick und einer feinen, gutmütigen Kopfbewegung.

„Sie wollten doch erst um sieben kommen?", sagt Isaac und seine Stimme verrät, dass er sich eben erschrocken hat.

Auch Kaspers Stimme zittert: „Wie sind Sie hereingekommen? Sie sind zu früh da."

„Es ist sieben Uhr", spricht der Mann am Kamin mit sanfter, tiefer Stimme.

Die drei sehen fast gleichzeitig auf ihre Uhren am Handgelenk. Tatsächlich zeigen ihre Chronometer sieben Uhr und auch die alte Standuhr zeigt exakt diese Zeit. Andererseits steht das lange Pendel still, und es fehlt das gleichmäßige Ticken, das ihr Treffen bis eben untermalt hatte.

Überhaupt scheint die ohnehin ruhige Stube so, als wäre in einem Film der Ton ausgefallen.

„Oh", haucht einer der drei, als er aus dem Fenster sieht und bemerkt, dass die Vögel in der Luft erstarrt sind.

„Los, meine Freunde, lassen Sie uns das fehlende Renalgejum holen", sagt der Grauhaarige, erhebt sich aus seinem Sessel und geht zur Tür.

Die drei Männer folgen ängstlich und verlassen, als seien sie irgendwie ferngesteuert, gemeinsam mit dem Alten das Haus.

Im Garten bemerken sie jetzt auch den Fremden, wie er hinter dem Busch versteckt durch eines der tiefen

Fenster spioniert. So wie die Vögel am Himmel, ist auch er regungslos und stumm.

Albert, Kasper und Isaac sehen ihn an. Die Person kommt ihnen zwar irgendwie bekannt vor, und es ist sonderbar, dass er in ihrem Garten steht, aber in einer derart grotesken und verzauberten Welt versucht jeder von ihnen die Gedanken in seinem Verstand zu entschleunigen und alles Sonderbare zu übergehen.

Die Welt ist erstarrt. Das Gras, das zuvor noch im Wind geweht hat, steht. Die Autos auf der Straße, die Vögel in der Luft, jede Bewegung fehlt. Die Segelboote auf dem Fluss verharren mit aufgebläten Segeln, wie von einem Maler auf Leinwand gebannt.

Also gehen sie weiter durch eine Geisterwelt zur Schwebefähre. Der grauhaarige Anführer leitet sie zielstrebig und gerade erhobenen Hauptes. Die anderen drei wirken wie Automaten und gehen, offensichtlich fast träumend und sehr verunsichert, hinter ihm her.

Am Tatort um die Fähre sehen die Polizisten aus wie Wachsfiguren bei Madame Tussaud. Die Kinder an der Absperrung stehen teilweise auf einem Bein, in zeitloser Ruhe.

Der Grauhaarige geht mit geradliniger Bestimmtheit auf die Fähre zu Inspektor Musca, öffnet dessen Aktentasche und holt einen schwarzen Stoffbeutel heraus. Er steckt den Beutel in seinen Mantel und schließt die Aktentasche wieder.

Dann gehen sie gemeinsam zurück zu dem kleinen Haus am Deich, vor dessen Fenster immer noch der erstarrte Fremde steht und heimlich durch das Fenster sieht. Die Männer gehen schmunzelnd an ihm vorbei, als hätten sie ihn als Überraschung dieser neuen Welt akzeptiert, und nehmen wieder in ihren Sesseln Platz.

Drei Augenpaare sind auf den Grauhaarigen gerichtet. Dieser sitzt aber nur gelassen da, als ob er jeden Moment ein besonderes Ereignis erwartet. Seine Ruhe überträgt sich langsam auf alle anderen im Raum. Keiner wagt, ein Wort zu sagen, man hört nur vier Nasen, die langsam ein- und ausatmen.

Die Standuhr schlägt. Gong – gong – gong ... - sieben Schläge.

Auf einmal fliegen die Vögel weiter und mit dem leisen Rauschen der Wiesen und dem Ticken der Uhr durchströmt wieder das gewohnte Leben die Welt.

„Gut, das war's", sagt der Grauhaarige zufrieden. Der Fremde im Garten kann den neuen Gast nicht sehen, weil sein großer Sessel ihm den Rücken zeigt.

„Gibt es eine Erklärung?", fragt Kasper.

Der Grauhaarige antwortet nicht, sondern steht noch einmal auf, geht zur Tür und bittet den herein, der verwirrt und scheu hinter dem Busch steht. Wie ein Schuljunge, der beim Äpfelstehlen erwischt wurde, lässt er sich verschämt in die Stube geleiten.

„Was will der hier, können wir vor ihm reden?", fragt Kasper irritiert, als der Spion aus dem Garten schuldbewusst in ihrer Runde Platz nimmt.

„Warum nicht?" Der alte Mann lächelt süffisant. „Es ist Bernhard, der Pfarrer hier aus Oosten." Den Gottesmann durchfährt ein leichtes Zucken. Er hat sofort das Gesicht wiedererkannt, nach dem er den ganzen Tag Ausschau gehalten hat. Woher kennt er ihn? Er sieht ihn argwöhnisch an.

Der Grauhaarige nimmt davon keine Notiz und wendet sich dem Russen zu: „Sie haben eine Frage?"

Sein Blick schweift noch einmal flüchtig am Pfarrer herunter, dann sagt Kasper zum Grauhaarigen: „Wie kommen Sie hierher und wo ist unsere Zeit geblieben?"
Er blickt dabei immer noch ein wenig gehemmt zum Pfarrer, und sieht in den Gesichtern der anderen beiden Männer, dass sie dieselbe Frage bewegt.

Der Grauhaarige lehnt sich gemächlich zurück und wartet, bis sich die Spannung im Raum wieder ein wenig löst. Der Pastor sieht aufmerksam und verwirrt einen nach dem anderen an. Weil er die Zeit der Welt nicht verlassen hat, denkt er andere Gedanken und hat nicht die Fragen wie Kasper, Isaac und Albert.

Nach einer Weile zieht der Grauhaarige seine dichten Augenbrauen etwas hoch und sagt: „Wofür benötigt ihr eine Erklärung? Ihr selbst tauscht sogar Weg gegen Kraft, wenn es euch an eigener Kraft mangelt. Ihr verwandelt die Energie des Windes in Wärme und ihr fangt einen Wasserfall ein, um damit einen Staubsauger zu betreiben."

Er macht eine kurze Pause. „Ich tausche nur Zeit gegen Zeit und ihr wundert euch?" Er lächelt.

„Wer tauscht Weg gegen Kraft?", rutscht es dem Pastor heraus. Er wendet seinen Kopf flüchtig nach rechts und nach links.

Der alte Mann sieht ihn liebevoll an und antwortet: „Du bemerkst es vielleicht gar nicht mehr, es geschieht ständig: beim einfachen Türgriff, beim Flaschenzug oder mit hydraulischen Kränen, welche mehrere Tonnen für dich in die Luft heben."

Der Pastor sieht verlegen zum Russen, weil er sich noch immer als Eindringling fühlt und nun unerwartet zum Mittelpunkt des Gesprächs wird.

„Aber Hydraulik ist doch einfache Technik", sagt Kasper zum Grauhaarigen und sieht die Erleichterung im Gesicht des Pastors, dass ihm das Gespräch abgenommen wurde.

Der alte Mann lächelt. Er erhebt sich aus seinem Sessel und geht langsam zu der antiken Standuhr, deren langes Pendel sich unter behaglichem Ticken hin und her bewegt. Mit seiner Hand beschreibt er eine wiegende Bewegung vor dem Zifferblatt, der die Zeiger bereitwillig hin und her folgen. Er sagt dabei: „Technisch ist die Verteilung der Zeit viel einfacher, ihr müsst nur das Wesen der Träume einbeziehen. —

Denkt an das System, von dem ich euch erzählte. Es frisst eure Gedanken.“

Isaac hat durchs Fenster gesehen, dass sich die Vögel am Himmel auch hin und her bewegten. Ansonsten gab es in der statischen Stube keinerlei Anhaltspunkte dafür, dass die Zeit eben ihre Linearität verloren hatte.

Trotzdem fühlen auch Kasper und Albert, dass dieses Beisammensein anders verläuft als ihre früheren Treffen. Der Alte hat schon häufig von einem System gesprochen, dass den Menschen ihre Energie raubt.

Gleichwohl hat er noch nie so konkret wie heute mit ihrem Glauben an die Gesetze der Natur gespielt.

Vier

Die beiden Kommissare sitzen noch immer auf der Fähre und tauschen ihre Überlegungen aus. Musca erzählt, welche Spuren die französische Polizei in der Pariser Wohnung gefunden hat:

„Gefunden haben wir sehr viel, aber wir können es noch nicht deuten. Die Wohnung war ein technisches Labor, doch wir wissen nicht, wozu die sichergestellten Anlagen zu gebrauchen sind."

„Sie sagten, dass eventuell die russische Mafia die Finger im Spiel hat. Wie kommen Sie darauf, haben Sie dafür Beweise?"

Buck hat seine Beine weit ausgestreckt und die Hände hinter seinem Kopf verschränkt. Die Sonne steht flach über dem Horizont und der Kommissar genießt sichtlich die abendliche Sonnenwärme auf seiner Haut.

„Trasom hat in Ekatharinenburg für einen großen Energiekonzern gearbeitet. Als er dort ausschied, kaufte er sich einen kleinen Betrieb in Paris. Dieser Elektrobetrieb baute vermutlich ein Jahr lang nichts anderes als das Gerät in der Pariser Wohnung. Auf dem Konto seiner Firma ging regelmäßig Geld aus Russland ein, anscheinend ohne dass dafür irgendwelche Waren geliefert wurden."

Buck verzieht nachdenklich das Gesicht. „Haben sie neuartige Waffen erprobt?"

Musca sieht das sonnenbeschienene Gesicht des Kollegen von der Seite an: „Wie kommen Sie darauf?"

„Nun, es scheint doch, als wurden der Mann auf dem Eiffelturm und der hier unten mit einer Art Elektroschocker getötet."

„Oui, oui, Herr Buck, guter Gedanke." Musca erhebt sich von seiner Bank und geht ein paar Meter die Fahrspur auf der alten Fähre entlang. Dann dreht er sich um und hält sich die Hände an die Schläfen: „Wo ist das Motiv für die Morde? - Wer ist jetzt im Besitz der Waffe?"

Buck streicht nachdenklich den Zeigefinger an seiner Unterlippe hin und her. „Das Opfer in Paris war ein unbedeutender Gehilfe, richtig?" Musca nickt. Er ist gespannt auf die Überlegung des Deutschen.

„Der Mord in Paris könnte ein Funktionstest gewesen sein. Dann ...", er bricht mitten im Satz ab und stellt sich neben Musca. Er legt ihm die Hand auf die Schulter und sagt: „Wir müssen mehr über diesen Trasom herausfinden. Was wissen Sie noch über ihn, was ist mit der Mafia? Sie müssen doch mehr Informationen haben als ein paar Buchungen auf seinem Konto."

Musca setzt sich wieder auf die Bank und sagt: „Darf ich offen zu Ihnen sprechen?" Seine Stimme ist deutlich leiser geworden. Buck nickt ihm zu.

„Mir persönlich kommt die Verbindung zur Mafia unlogisch und sehr konstruiert vor. Ich habe den Eindruck, es soll die politische Aufklärung des Falls werden. Eine Lösung, die meine Vorgesetzten gerne hätten." Er rückt mit seinem Gesicht näher an Buck heran und spricht mit geheimnisvoll leiser Stimme: „Wenn es wirklich stimmt und die Mafia entwickelt selbst eine neuartige Waffe, warum forschte Trasom dann nicht in Russland?"

„Sie haben eine andere Idee, stimmt's?" Buck sieht, dass sein Gegenüber noch etwas anderes zu erzählen hat.

„Ich habe den Namen Trasom im Internet in Foren über freie Energie gefunden. Haben Sie schon von freier Energie gehört?"

„Wenn ich ehrlich bin, nein."

„Ich versuche einmal kurz wiederzugeben, was ich gefunden habe. Dafür muss ich allerdings etwas ausholen, ist das o.k.?" Buck nickt und Musca nimmt eine vortragende, gemütliche Haltung ein.

„Über Nikola Tesla liest man in heutigen Physikbüchern nicht mehr allzu viel. Ich habe mir ein Physiklexikon besorgt, das sagt zu Tesla außer Geburts- und Todestag lediglich, dass er einer der Theoretiker des Drehstromsystems war, den Tesla-Transformator erfand und dass die Einheit der magnetischen Flussdichte nach ihm benannt wurde. Dass er auch ein überragender Praktiker und Experimentator war und dass auf sein Konto auch die Erfindung des Radios, des Radars, der Elektrotherapie, der Fernsteuerung, einer sehr effektiven Turbine und noch einige hundert andere Erfindungen gehen, wird weggelassen. Dass er zeitgleich mit Wilhelm Konrad Röntgen die Röntgenstrahlung entdeckte, sehr wirkungsvolle Oszillatoren konstruierte und erfolgreich an der drahtlosen Übertragung von Elektroenergie gearbeitet hat, wird ebenfalls nicht erwähnt. Schuld daran mag sein, dass er neben dem eben Genannten auch einiges entdeckte, was bis heute noch Rätsel aufgibt. Interessanter im Hinblick auf unseren Fall sind seine Experimente in Colorado Springs.“

Buck stemmt sich fasziniert die Fäuste in die Hüften. „Mein Gott, ich wusste gar nicht, dass die französische Polizei Physiker beschäftigt. Erzählen Sie von den Experimenten und was das Ganze mit unseren Morden zu tun hat.“

„Ich hatte Sie gewarnt, dass ich etwas ausholen müsste. Also: Tesla scheint hier das erste Mal auf Energieformen gestoßen zu sein, die mit den heute bekannten elektromagnetischen Wellen wenig zu tun haben und die in der Lage waren, bei ihrer Ausbreitung durch den Raum an Energie zu gewinnen. Bei diesen Versuchen waren riesige Energiemengen im Spiel, die im weiten Umkreis zu elektrischen Entladungen führten und das örtliche Kraftwerk den Generator kosteten, den Tesla dann auf eigene Kosten reparieren lassen musste.“ Musca lächelt schadenfroh.

„Und weiter ...“ Buck wird ungeduldig.

„Teslas Pech war, dass er für einen Unternehmer arbeitete, der mit Kraftwerken und mit Kupferminen sein Vermögen verdiente. Als er von Teslas Energiequelle hörte, die seine Kraftwerke und die aus Kupfer bestehenden Landleitungen überflüssig machen könnte, wurde Tesla kurzer Hand gefeuert."

„Und was hat das mit dem da zu tun?" Buck zeigt auf die Leiche unter dem Tuch.

„Kommt gleich. Tesla hat dann bei Henry Ford einen Job bekommen. Dieser musste sich entscheiden, ob sein neues Auto mit Alkohol oder einer neuen Flüssigkeit, die aus Öl gewonnen werden kann, angetrieben werden soll. Tesla hat für Ford einen Antrieb entwickelt, der magnetische Kraft verwendet und gar keinen Treibstoff benötigt. Weil Benzin damals im Prinzip auch so gut wie kostenlos war, hat sich Ford nur dem Druck der Ölindustrie gebeugt und sich gegen den Magnetantrieb entschieden."

Buck wird ungeduldig. „Bitte kommen Sie zur Sache."

„Das ist schon die Sache. Seit dieser Zeit lernen wir in der Schule, dass es kein Perpetuum mobile gibt. In Frankreich gab es sogar ein Gesetz, das die Forschung an freien Energiequellen verbot."

Er sieht Buck fragend an, ob er verstanden hat. Als der nicht reagiert, fügt er hinzu: „Die Wirtschaft entscheidet, welche Physik in der Schule gelernt wird. Alle Menschen, die Maschinen bauten, die mit freier Energie betrieben wurden, sind auf sonderbare Weise umgekommen. Es gibt Patente, die beschreiben, wie Autos mit reinem Wasser fahren könnten. Die Patentinhaber sind fast alle verstorben."

Buck sieht Musca kopfschüttelnd an. „Die wurden alle vom Blitz erschlagen?"

„Nein, aber Wolfgang Trasom war in der Szene aktiv. Ich bin sicher, dass seine Anlage mit Energiegewinnung zu tun hatte. Wenn wirklich die russische Mafia dahinterstecken würde, dann wäre die Anlage in Moskau und nicht in Paris aufgebaut worden. Oder?"

Fünf

Der Pastor hat seine anfängliche Scheu verloren und spürt, dass er an einen ganz besonderen Ort geraten ist. Er weiß immer noch nicht viel über die Leute, mit denen er hier in der kleinen Kate zusammensitzt, aber er empfindet eine überraschend tiefe Verbundenheit zu den Männern und dem Raum, in dem sie jetzt ein Zwiegespräch mit dem Grauhaarigen führen.

Er denkt zurück an seine Gefühle, die ihn hierher getrieben hatten. Er wurde von Angst, Wut und Hilflosigkeit geführt. Als er heute Morgen die Polizei im Fährkrug verließ, war er einsam mit diesen Empfindungen und wurde vom Kommissar lächerlich gemacht.

Er ging zunächst ziellos durch seine Gemeinde. All die vielen Häuser und die Menschen um ihn herum. Überall Aufregung wegen der Tragödie auf der Schwebefähre. Leute standen in kleinen Gruppen und tratschten. Der Mob liebt diese abwechslungsreiche Hektik.

Zwischen alle dem spulte sich das Verhör in seinen Gedanken immer wieder ab. Er war zur Polizei gegangen, um seine Beobachtung und das schreckliche Erlebnis der Nacht zu teilen. Er musste sich mitteilen, weil die Bilder in seinem Kopf für einen einzelnen Menschen zu undenkbar, zu grauenvoll waren.

Aber er wurde dafür vom Kommissar verspottet. Dass Buck ihm die Ablehnung nicht direkt ins Gesicht sagte, machte den Hohn, den er empfand, nur noch schlimmer. Als er so für sich alleine beim Gehen seine Gedanken ordnete, fiel ihm auf, dass er der Polizei noch nicht einmal viel erzählt hatte.

Er hatte ihnen wohl den Mann mit den grauen Haaren auf dem Gerüst beschrieben, von dem dunkelhäutigen Fremden, den er kurz vorher aus dieser Kate kommen sah und der auch Zeuge gewesen sein könnte, sagte er jedoch nichts.

Nun sitzt er Kasper gegenüber. Alle in diesem Raum sind eigentlich immer noch fremde Leute für ihn, dennoch fühlt und denkt er anders als beim Spaziergang heute Morgen in seinem Dorf.

Er schaut in die Runde und überlegt, wie man zu Menschen eine Beziehung findet.

Es gibt Kontakte aus weltlicher Notwendigkeit. Man kennt jemanden, sammelt seine Visitenkarte und verwaltet diese Person.

XING, Facebook, WhatsApp oder Skype sind für diese Art von Freundschaften hilfreiche Verbesserungen.

Hingegen erlebt er jetzt Beziehungen, die auf innerem Gleichklang beruhen. Seine Seele hat andere Seelen kennengelernt.

War es Zufall oder Schicksal, dass er Kasper, Isaac, Albert und den grauhaarigen, alten Mann heute getroffen hatte?

Bernhard denkt an seine Mutter.

Als der alte Mann eben die Zeiger der Uhr bewegte und sie damit in der Zeit hin und her wiegte, war es ihm, als würde er wie ein Baby noch einmal in ihrem Arm gewiegt. Er begriff gerade am eigenen Leibe, dass erwachsen sein bedeutet, dass Raum und Zeit auseinandergefallen sind.

Als er draußen am Fenster lauschte, wollte er wissen, was das für Leute waren, die hier sitzen. Was war in diesem Haus passiert? Er suchte einen Fremden. Den Mann, den er in der vergangenen Nacht beobachtete und der jetzt hier vor ihm sitzt.

Er hatte ganz normale Fragen.

Nun spürt er, dass eine andere Macht die Dinge fügt und ihn hierher geführt hat. Seit der alte Mann ihn hierher setzte, ist es ihm, als gäbe es diese Fragen nicht mehr.

Sein Geist war in einer Kiste gefangen, das wird ihm jetzt bewusst. Er vergleicht sich mit dem Goldfisch im Fährkrug.

Seit Jahren steht ein rundes Glas am linken Rand des Tresens und um einen einzigen grünen Zweig schwimmt das Tier endlose Runden. Er hat sich manchmal gefragt, ob dieser Fisch die Idee von einem zweiten Fisch in sich trägt und ob er nach diesem sucht.

Alle Menschen leben, als würden sie in einem durchsichtigen Glas schwimmen. Jedoch alles dahinter liegt im Dunkeln. Egal, wie viele Runden der Goldfisch noch schwimmt, er kann die Weite des Meeres nicht spüren. Er fühlt nicht einmal die farblosen, angetrunkenen Gestalten auf den Barhockern, die direkt neben seinem kleinen Gefängnis sitzen. Es ist zwar aus durchsichtigem Glas und dennoch wie eine Mauer für den Fisch.

Als Pfarrer glaubte er, ein Bild von der geistigen Welt zu kennen. Er studierte Theologie, predigte von der Macht Gottes. Nun hatte irgendetwas die Wände seiner Dunkelheit umgeworfen, und er fühlt sich durchströmt von neuen Antworten und Gedanken.

Seine durchsichtig undurchsichtige Mauer ist eingefallen.

Wenn er in diesem Moment eine Predigt halten dürfte, würde er von leuchtenden Engeln erzählen, deren lichter Glanz die Welt bewacht. Bernhard empfindet wie ein großer Goldfisch im weiten Meer.

„Bisher lebten wir für das Renalgejum", sagt Albert in die Runde und wirft Bernhard damit aus seinen Gedanken. Er entnimmt dem zum Tisch gerichteten Blick, dass von der Glaskugel die Rede sein muss.

Albert nimmt sie behutsam in die Hand.

Er sagt zum Grauhaarigen: „Es war ein interessantes Projekt und überdies haben sich auch Freunde gefunden. Bisher habe ich in Ihnen einen zwar altersweisen, aber normalen Menschen gesehen. Für mich waren diese Kugeln immer eine esoterische Spielerei und an Wolfgangs Fantasien habe ich, bis zu dem tragischen Unglück in Paris, nicht wirklich geglaubt. - Seit gestern wird mir die Sache unheimlich. Was hat es mit dem Ding hier wirklich auf sich?"

„Es ist das Ergebnis der Zeit des Öls", sagt der Grauhaarige.

„Erzählen Sie uns mehr darüber", bittet Albert.

Der Grauhaarige holt den Stoffbeutel aus seiner Tasche und nimmt die Kugel heraus. Dann stellt sich der alte Mann hinter die hohe Rückenlehne seines Sessels und zeigt sie mit zwei Fingern in die Runde. Ohne ein Wort legt er kurz darauf die Hände bedächtig gegeneinander und verbirgt darin das Teil. Er schließt für einen kurzen Moment die Augen.

„Jeder Epoche der Erdgeschichte war in der Vergangenheit und wird auch in der Zukunft eine genau vorbestimmte Aufgabe zugedacht. - Es ist der Sinn, sozusagen das Ergebnis der Zeit. Dieser kulturelle Extrakt bleibt der Nachwelt für immer erhalten. - Der Rest geht unter, um Raum für eine nächste Epoche mit anderen Aufgaben zu machen."

„Was genau meinen Sie mit Epoche?", fragt der Pastor etwas schüchtern.

Der Alte geht ein paar Schritte am Bücherregal entlang und steckt seine Glaskugel wieder in den Beutel, der dann in seiner Jackentasche verschwindet.

Er nimmt eines der alten Bücher aus dem Regal und schlägt eine Seite auf. „Das ägyptische Reich hat uns zum Beispiel das Papyrus und die Pyramiden hinterlassen. In den Pyramiden lagern die Eingeweihten seither alle Pläne der Menschheitsentwicklung, um das Wissen der Welt über die Epochen hinaus zu konservieren und über die Zeit zu retten."

Er wedelt mit einer Buchseite hin und her. „Zum Überbringen von Information ist Papier noch für lange Zeit unverzichtbar, weit über die ägyptische Epoche hinaus."

Albert ist Historiker. Er hat sich viel mit dem Werden und Vergehen großer Kulturen beschäftigt. Er wundert sich: „ ... und die Pyramiden sind Tresore? Nur um Tresore zu haben, wurden 3000 Jahre Erdentwicklung verschwendet?"

„Alles hat seine Zeit", rutscht es dem Pfarrer heraus, dem sich plötzlich der tiefere Sinn eines Kirchenliedes erschließt, das er schon häufig in seiner Gemeinde hat singen lassen.

Der alte Mann geht lächelnd wieder hinter seinen Sessel zurück. „Genau," sagt er, „alles hat seine Zeit und alles hat seinen Sinn. - Die griechische Hochkultur lieferte der Welt zum Beispiel den Satz des Pythagoras und andere nützliche Formeln. Ohne diese Grundlagen hätte kein Auto, kein Flugzeug, kein Computer und keine Schwebefähre erfunden werden können. Technisch umgesetzt haben die Griechen nicht viel, gleichwohl gehen entscheidende Grundlagen des heutigen Wissens letztlich auf sie zurück."

Er macht eine kurze Pause, bei der er erneut die Augen schließt, und seine Zuhörer warten gespannt, bis er weitererzählt:

„Die Römer haben die Rechtswissenschaften entwickelt. Ein mächtiges Werk, um das geordnete Zusammenleben von Menschen auf engstem Raum zu ermöglichen. Ohne dieses Rechtssystem könnte es keine Millionenstädte geben. Kein Anwalt und kein Richter hat je etwas anderes getan, als die römische Epoche wiederzukäuen. Ohne diese vielen Menschen auf engstem Raum hätte ein Renalgejum niemals wachsen können."

Vor dem Haus fahren wieder Polizeiwagen mit Blaulicht und lautem Sirenengeheul vorbei und legen Zeugnis von der Allgegenwart der Gesetzeshüter, quasi als Verkörperung der römischen Epoche, ab.

„Und wir leben in der Zeit des Öls?", fragt Albert.

Der alte Mann nickt. „Öl ist ein Gottesgeschenk. Die Bevölkerung stöhnt über den hohen Benzinpreis. Hat jemals einer nachgerechnet, wie viel Arbeit ein Barrel Öl der Menschheit abnimmt? Jedes Fass entspricht etwa fünfundzwanzigtausend Arbeitsstunden eines erwachsenen Menschen."

Er sieht in die Runde, um seinen Zuhörern Zeit zu geben, das Gesprochene zu verstehen. „Ihr seid die Hochkultur der Umsetzung auf dieser Erde. Wenn ihr nicht vorsichtig seid, lebt nach euch nur noch das System."

Der Pastor lässt sich in seinen Sessel sinken. Es ist wahr, dass alle Errungenschaften der Erdentwicklung in diesem Zeitalter zusammenlaufen.

Aber was meint der Alte mit dem System? Warum hat unsere Epoche noch so viele Probleme, wenn die Lösungen gefunden scheinen.

„Die Welt gehorcht ihrem Sinn, egal ob ihr ihn versteht oder nicht", sagt der Alte zu Bernhard. Der Pastor erschrickt. Hat er seine Gedanken gehört?

Dann schlägt der Alte von hinten mit beiden Handflächen auf die Lehne seine Sessels und sagt energisch: „Und jetzt haben wir alle einen Plan zu erfüllen, ihr solltet jetzt gehen."

„Was werden wir tun?", fragt Isaac überrascht.

Der weise Mann erklärt, dass Kasper das Renalgejum in den Fluss werfen wird. Er selbst werde derweil nach Paris springen und dort seine Arbeit tun.

So plötzlich wie der Alte gekommen war, ist er nun wieder verschwunden. Der Pastor erschrickt am heftigsten, weil er bei der Ankunft des Alten noch draußen am Fenster in der Zeit gefangen war.

„Wer war das?", fragt er, auf den leeren Sessel starrend.

Kasper sieht seine Freunde entschlossen an und befiehlt: „Kommt, lasst uns erst mal gehen."

Albert hält noch immer die Glaskugel in seiner Hand. Er steckt sie in den schwarzen Beutel und gibt ihn Kasper. Dann bläst er die Kerze auf dem Tisch aus und gemeinsam verlassen alle das Haus.

Zur Kirche ginge es links herum, aber so instinktiv, wie sich der Pfarrer den ganzen Tag schon verhält, geht er seinen Gefühlen nach und schließt sich den Männern an, die über die feste Brücke auf die andere Seite des Osteflusses gehen.

Von der Schwebefähre hören sie laute Flüche zu sich herüberhallen, es klingt französisch.

Sechs

„Merde, merde, das kann doch nicht sein ..." Inspektor Musca wollte seinem Kollegen das merkwürdige Objekt zeigen, das er bei seiner Leiche in Paris gefunden hatte. Es ist nicht mehr in seiner Tasche. Er flucht so laut, dass es alle hören können.

„Herr Kollege, ich weiß genau, es war hier in meiner Tasche." Er hält Buck seine offene Aktentasche zur Einsichtnahme hin.

„Dann haben Sie es bestimmt verloren", antwortet dieser, ohne einen Blick in die Tasche zu werfen. Er steht auf, geht ein paar Schritte von der Fähre herunter und winkt einen jungen Kollegen heran, der untätig herumsteht.

„Könnten Sie bitte so nett sein und unserem französischen Gast helfen, einen dunklen Beutel zu finden?", befiehlt Buck.

„Nö, ich hab doch gleich Dienstschluss, es ist schon nach sieben", bekommt er patzig zur Antwort. „Außerdem suchen wir die Tatorte doch sowieso immer nach allem ab, was herumliegt", fügt er noch hinzu.

„Da hat er recht", sagt Buck, „Wenn Ihr Beutel hier herumliegt, dann finden wir ihn." Er nickt bekräftigend und sieht über das Wasser der Oste.

„Was machen die denn dort?" Buck sieht auf eine Gruppe von vier Männern, die am anderen Ufer an der

Böschung stehen. Musca kommt es vor, als hätte er ein blaugrünes Licht aufflackern sehen.

„Kennen Sie die Leute?", will der Franzose wissen.

Buck kneift die Augen zusammen, sagt jedoch nichts. Musca hat bemerkt, dass irgendetwas seine Aufmerksamkeit ergriffen hat.

Musca holt aus seiner Tasche ein Fernglas und richtet es auf die Gruppe. Plötzlich ruft er: „Das ist mein Beutel." Er sieht Buck aufgebracht an. „Der eine hat meinen Beutel!", wiederholt er und reicht Buck das Fernglas.

Buck winkt ab und sagt nur: „Kommen Sie noch einmal mit in den Fährkrug, ich muss Ihnen etwas zeigen."

„Mein Beutel!" Musca will nicht in den Fährkrug. Er gleicht einem bockigen Jungen vor einem Kaufhausregal mit Süßigkeiten und zeigt mit dem Zeigefinger auf seinen Besitz.

„Kommen Sie", befiehlt Buck, worauf ihm Musca aber nur widerwillig in den Fährkrug folgt und sich immer wieder zu seinem Beutel umdreht.

Im Fährkrug gibt Buck einem Polizisten die Anweisung, alle Männer von der anderen Flussseite zur Vernehmung in den Fährkrug zu holen. Daraufhin lässt sich Musca ohne weitere Gegenwehr in das zum Dienstraum umfunktionierte Nebenzimmer führen.

Dort wühlt Buck in einem Papierstapel und zieht einen handgeschriebenen Zettel hervor. „Hier", sagt er. „Ich habe heute Morgen den Pastor vernommen. Er erzählte mir, der Mann sei durch Zauberkraft getötet worden. – Hier ...", er zeigt auf die Stelle in seinen Aufzeichnungen. „Er sagte, eine grauhaarige Gestalt habe oben auf dem Gerüst der Fähre gestanden und aus seinen Fingern einen Blitz gegen den Mann geschleudert, der gerade mit der Fähre übersetzen wollte."

„Das ist doch Unsinn", sagt Musca.

„Klar ist es Unsinn, deshalb habe ich dem Quatsch auch keine Beachtung geschenkt. Zumal er nur eine schwarze Silhouette gesehen haben will. Woher wusste er dann, dass die Haarfarbe grau war. - Ich glaube, es war das erste Mal in meiner langen Polizeilaufbahn, dass ich eine Vernehmung von mir aus abgebrochen habe. Ich hatte wirklich den Eindruck, der Mann hat am Computer zu viele Ballerspiele gespielt."

Musca begreift nun, was Buck bedrückt. „Er hat einen Blitz aus seinen Fingern geschleudert?", fragt Musca noch einmal nach.

„Das behauptet der Pastor. Und später kamen die Kollegen und erzählten mir, der Tote wurde vom Blitz getroffen ..." Buck tippt mit dem Zeigefinger in die Luft, als sollte sich der Franzose seinen Teil jetzt selbst denken. Und das tut Musca auch, er nimmt Bucks roten Faden auf und führt ihn weiter: „ ... und dann komme ich aus Frankreich und erzähle von einem Blitztoten, der nicht vom Blitz getötet worden sein kann."

Buck nickt und fügt hinzu: „Und außerdem sagen die Leute, der Pfarrer sei ein ganz normaler Mann und kein fanatischer Prediger, dem etwa der Glaube zu Kopfe gestiegen sein könnte."

„Dann scheint Ihr Kirchenmann die Waffe im Einsatz gesehen zu haben. Sie sollten ihn noch einmal befragen."

Buck sieht erwartungsvoll aus dem Fenster. „Deshalb lasse ich die Gruppe holen", sagt er und zeigt auf die Männer, die noch immer auf der anderen Flussseite stehen.

„Ich dachte, es wäre wegen meines Beutels", sagt Musca, den Mund verziehend. Er geht ans Fenster. „Welcher ist der Pastor?" Buck stellt sich neben seinen Kollegen und empfiehlt ihm, Geduld zu haben, bis er in den Fährkrug gebracht werde. Musca fällt es offensichtlich schwer zu warten. Er fühlt, dass dort drüben etwas Sonderbares vor sich geht. Er erinnert sich an das Licht, das er vorhin von dort drüben gesehen hat.

Musca kann nicht wissen, dass dasselbe Licht erstmals in genau der Pariser Wohnung leuchtete, in deren Geheimnisse er schon so viel Arbeitskraft investiert hat.

Auch hier an der Oste leuchtete es, als Kasper das Renalgejum aus dem Beutel holte und einen kleinen kabellosen Stecker daran befestigte.

Alle Kulturepochen auf der Erde galten der Entwicklung dieser kleinen Kugeln. Keinem Menschen, auch nicht Kasper, Albert, Isaac oder Bernhard ist die wahre Bedeutung dieses einzigartigen Augenblicks bewusst.

Auf dem Deich der Oste stehen die Menschen, die von dem Renalgejum wissen und jeder Einzelne hat nun mehr Fragen als Antworten.

Der Historiker Albert Berg, ein vierzigjähriger Deutscher, der herausfand, dass in Stonehenge die ersten kosmischen Vermessungen für einen Energiestrahl gemacht wurden.

In Stonehenge traf er den neunzehnjährigen Isaac Newborg, einen Esoteriker, der in den geheimen überlieferten Zeichen einen modernen Elektro-Plan erkannte.

Während eines Urlaubs hier in Oosten trafen sie den Russen Kasper Vladow, Wolfgang Trasom und den Grauhaarigen bei einem Spaziergang. Seit diesem Tag kamen die Männer regelmäßig in dem kleinen Haus zusammen.

Kasper erstellte die modernen E-Plan-Zeichnungen aus Isaacs Visionen, die Wolfgang in Paris tatsächlich als Anlage gebaut hat.

Der Pastor sieht, wie sich von der Brücke zwei Polizeibeamte nähern. Einer von ihnen hat seine Dienstwaffe gezogen und ruft schon aus fast hundert Metern Entfernung: „Halt, stehen bleiben!", obwohl alle Männer ruhig auf der Stelle stehen.

Keiner scheint einen Gedanken an Flucht zu haben. Der Pastor erinnert sich an die morgendliche Begegnung mit dem Kommissar und an sein Unbehagen.

Kasper öffnet seine Hand. Das Renalgejum rollt langsam herunter. Gegen alle Erfahrung, die uns die Naturgesetze lehren, fällt es nicht einfach zu Boden, sondern es schwebt langsam, als kenne es seinen Weg, auf das Wasser der Oste zu und taucht unhörbar und ohne Wellenringe in den Fluß ein.

Noch bevor sich die Männer über ihr Empfinden und die geheimnisvolle Situation austauschen können, hat sie der Polizist mit der Waffe erreicht.

„Was machen Sie hier?", fragt er.

„Wir beobachten die Polizeiarbeit dort drüben. Sind wir die einzigen Zuschauer?" Albert antwortet ruhig und zeigt sich von der Waffe wenig beeindruckt. Am anderen Ufer wird gerade ein Blechsarg aus einem silbernen Leichenwagen zu dem Leichnam am Ufer gebracht.

„Kommen Sie bitte mit." Der Polizist steckt seine Waffe in den Halfter zurück und geht um die Gruppe herum. Er bildet mit seinen Armen einen großen Halbkreis und treibt die Männer zu der festen Brücke, die ein paar hundert Meter von der Schwebefähre entfernt die Oste überquert.

Auf der Brücke wartet der Polizeibus, mit dem die Männer zum Fährkrug gefahren werden.

„Bitte einzeln eintreten!", befiehlt Buck, als sich die Ankömmlinge um die Tür drängeln.

Kasper hat noch den Beutel des Renalgejums in der Hand und geht weiter zu den Kommissaren, während die anderen in die Gaststube gebracht werden.

„Wie kommen Sie zu diesem Beutel?", fragt Musca erregt, noch bevor sie Kasper einen Platz angeboten haben.

„Er gehört mir", bekommt er nüchtern zur Antwort. Kasper sieht dabei die Stühle an, weil er überlegt, wo er sich setzen soll.

„Kennen Sie einen Mann namens Wolfgang Trasom?" Buck startet sein Verhör, ohne Muscas Erregung Beachtung zu schenken.

„Ja, von ihm habe ich den Beutel bekommen."

„Und wann war das?"

„Gestern am späten Abend."

„Wissen Sie, dass Herr Trasom tot ist?"

„Ich habe es vermutet."

„So, so", Buck fasst sich ans Kinn. Mit so viel Offenheit hat er nicht gerechnet. „Sie haben einen ausländischen Akzent, was für ein Landsmann sind Sie? Würden Sie sich bitte ausweisen."

„Ich bin Russe", sagt Kasper. Buck sieht Musca bestätigend an, als wollte er andeuten, dass man die Möglichkeit mit der Mafia doch konkreter verfolgen sollte. Kasper holt seinen Ausweis aus der Innentasche seiner Jacke.

„Sie sind Herr Vladow?", fragt Buck, nachdem er das Dokument kurz studiert hat.

„Ja, Kasper Vladow."

„Haben Sie etwas mit seinem Tod zu tun?", fragt Buck den Russen ganz direkt, er zeigt dabei auf das Fenster, hinter dem gerade der Sarg des Ermordeten vorbeigetragen wird..

„Wer hat nichts mit seinem Tod zu tun?", bekommt er ohne Zögern zur Antwort. „Ihre Frage sollte besser lauten, ob es meine Aufgabe gewesen wäre, ihn zu retten?"

„Wollen Sie es bitte mir überlassen, welche Fragen ich stelle?", reagiert Buck provoziert. Er fasst seine Hände hinterm Rücken und geht langsam vor dem Befragten auf und ab, wobei er seine Brust überlegen etwas nach vorne drückt.

„In welcher Beziehung standen Sie zu Wolfgang Trasom?"

Kasper Vladow macht ein nachdenkliches Gesicht, dabei legt er die Handflächen wie zum Gebet gegeneinander und führt sie langsam höher, bis seine Zeigefinger die Lippen berühren. So sitzt er eine Weile da, während Buck an ihm vorbeiflaniert.

Kasper saugt genussvoll die Atmosphäre des Raumes ein, in dem sich die verzweifelte Energie der denkenden Kommissare verdichtet. Er hat lange Gespräche mit dem Grauhaarigen über das Renalgejum geführt, aber es ist ihm, als kämen die Worte des alten Mannes erst jetzt in seinem Denken an.

Kasper spürt Bucks Unruhe. Je besonnener er seine Seele in den Raum sinken lässt, desto hektischer bewegt sich Buck auf und ab. „Na?", platzt es ein paar Mal aus ihm heraus, bis er in geschult beherrschtem Ton seine Frage wiederholt: „In welcher Beziehung standen Sie zu Wolfgang Trasom?"

Kasper antwortet nun sehr bedächtig: „Die Pläne im Raumzeitkontinuum sind für mich als einfacher Erdenmensch nicht erfassbar. Die Gedanken und das Tun der Menschen zueinander wirken verbindend, wie unsichtbare Fäden eines Spinnennetzes. Ich wäre kein Mensch, wenn ich alle Beziehungen kennen würde und verstünde."

Buck fühlt sich verarscht und stemmt wütend seine Fäuste in die Hüften. Er wirft dem Russen einen verächtlichen Blick zu, als wollte er ihn damit zu einer richtigen Antwort zwingen.

„In welcher Beziehung standen Sie zu Wolfgang Trasom?", mischt sich Musca eindringlich ein, als befürchte er, dass Kasper die Geste von Buck nicht deuten könnte.

Der Russe nimmt erst jetzt seine Hände wieder vom Mund und setzt sich aufrecht hin. Die dreimal gleiche Frage steht wie ein Säulengang vor seinem inneren Auge.

Er weiß nicht mehr, wann er Wolfgang Trasom das erste Mal gesehen hat. Sie kannten sich viele Jahre, genauso wie den Grauhaarigen. Wann und wo sie sich das erste Mal begegnet sind, kann sich Kasper nicht erinnern.

Was ist es für eine Beziehung, überlegt Kasper. In ihrer Gruppe werden Gedanken ausgetauscht, die jeder Einzelne unabhängig von der Gruppe in die Welt trägt, aber eine Beziehung, wie sie Buck interessiert, gab es eigentlich nicht.

Kasper erinnert sich an den Grauhaarigen. „Beziehungen, also die Gedanken der Menschen zueinander, sind vergleichbar mit dem Gitter in einer Radioröhre", erklärte er ihm einst.

„Wissen Sie, wie eine Radioröhre funktioniert?"

„Ich bin Polizist und kein Techniker. Ich möchte wissen, woher Sie Wolfgang Trasom kannten." Buck stampft mit dem Fuß auf den Boden und wirft Kasper dabei einen drohenden Blick zu.

Kasper würde dem Kommissar gerne die Zusammenhänge erklären; die für ihn offensichtlich sind. Jedoch er spürt, dass er keinen Zugang findet, um Buck zu erreichen.

Musca nimmt die Geste von Buck auf, um sich erneut in das Gespräch einzumischen: „Wie kommen Sie zu meinem Beutel?"

Der Russe lächelt. „Sie denken zu linear."

Für ihn ist es die gleiche Frage, weil ja auch die Übergabe des Beutels die Beziehung zu Wolfgang darstellt. Der Grauhaarige benutzte bei einem ihrer Treffen das Bild eines Küchensiebes, das mehr ist als nur viele einzelne Stahlfäden. Sie werden durch ihre gekreuzte Ordnung etwas Neues, etwas Eigenes. Das Verhör der Polizisten erscheint Kasper wie die Frage nach immer neuen Stahlfäden. Ihre Gruppe ist komplex wie das Sieb. Es ist eine Struktur immer neuer Kreuzungen, die von außen nicht nachvollzogen werden kann, auch wenn er noch so lange und ehrlich antworten würde, Buck könnte ihn nicht begreifen.

Der Kommissar dreht sich zum Fenster und wendet Kasper demonstrativ den Rücken zu.

„Wolfgang hat seine Gier mit dem Leben bezahlt. Wo ist das Problem?", fragt Kasper, der Bucks Abwehrhaltung gesehen hat.

„Haben Sie ihn getötet?", wirft Buck schroff zurück.

„Ich? Wie sollte ich das machen?"

Buck kommt an den Tisch zurück und beugt sich zu dem Russen herab. „Das wäre meine nächste Frage gewesen. Also: Wer hat ihn getötet und wie wurde er getötet?"

Gelassen, als ob es sich um eine belanglose Plauderei handelt, antwortet der Gefragte: „Wir trafen uns gestern hier an der Fähre und er gab mir den Beutel mit der Kugel. Er blieb an der Schranke stehen. Ich weiß nicht, ob er einmal rüberfahren wollte. Jedenfalls ging ich dann auf dem Deich allein weiter."

„Und woher kannten Sie Herrn Trasom?"

Der Russe schüttelt den Kopf. „Ich kannte ihn nicht."

„Aber Sie müssen sich doch mit ihm verabredet haben."

„Nein, ich wusste, dass er da sein würde", er sieht dabei zu Musca hinüber, als hoffe er, dass er mehr als Buck begreift. Der Franzose sieht derweil nur verlegen auf den Boden.

Buck fragt: „Und er wusste auch, dass Sie da sein würden?" Der Russe zuckt mit den Schultern.

„Was passierte dann?"

60

„Vermutlich fuhr er mit der Fähre über den Fluss. Jedenfalls sah ich vom Deich, dass aus der Stahlkonstruktion ein blauer Blitz den Himmel erleuchtete."

„Und wer fuhr die Fähre? Gestern war nämlich gar kein Betrieb mehr", will Buck wissen. Der Russe antwortet nur mit einem erneuten Achselzucken. Sein Gesicht hat dabei etwas Schelmisches.

Buck kocht innerlich. Er hätte Lust, diesen arroganten Ausländer festzunehmen, aber als routinierter Polizist weiß er, dass ihm jeder Beweis fehlt. Er kann ihn nicht einmal in Verwahrung nehmen.

Buck öffnet die Tür und signalisiert Kasper Vladow zu gehen. Er befiehlt dem Kollegen vor der Tür: „Personalien aufnehmen."

Als sie alleine sind, fragt Buck: „Was halten Sie von dem Mann?"

„Der Kerl hat meinen Beutel."

Buck verdreht die Augen. „Nun hören Sie doch mit Ihrem blöden Beutel auf. Wenn Wolfgang Trasom gestern wirklich einen Beutel dabei hatte, dann kann es nicht der Ihrige sein."

Buck öffnet wieder die Tür und ruft: „Der Nächste bitte."

Der Pastor betritt zurückhaltend den Raum. „Guten Tag, Herr Kommissar." Er nickt den Beamten höflich zu und setzt sich auf den noch warmen Stuhl von Kasper.

„Da haben wir ja wieder das Vergnügen“, sagt Buck und stützt sich mit den Armen vor dem Gottesdiener auf. „Was haben Sie denn dort am anderen Ufer gemacht?“

„Ich habe Ihnen heute Morgen als Zeuge schon alles erzählt, was ich weiß. Jetzt bin ich nur noch in der Rolle eines Schaulustigen, da gibt es leider keine Neuigkeiten.“

Seine Augen sehen den Ermittler an und es ist ihm, als sehe er jetzt tiefer, als er es heute Morgen konnte. Die Behaglichkeit der kleinen Stube lebt immer noch in ihm. Der Pastor erlebt das ganz neue Gefühl, eins zu sein mit der Welt, die ihn umgibt.

Es sind nicht die beiden Kommissare, denen er sich verbunden fühlt, es ist wirklich die ganze Welt. Hier in diesem trostlosen Nebenraum fühlt er, dass sich seine Seele über sein altes Leben hinaus erhebt. Er sieht vor seinem geistigen Auge ein inniges, feines Geflecht, das er mit allen Menschen seiner Gemeinde gebildet hat.

„Was haben Sie zusammen mit den Männern da drüben gemacht?“

Der Pastor fühlt die Seelen der Kommissare wie kochende Wassertropfen auf diesem dichten Netz tanzen. Er denkt an ein Kindermärchen, in dem die böse

Hexe am Ende auf heißen Kohlen tanzen muss, bis sie tot umfällt.

Er kann noch die Gedanken greifen, die Kasper hier im Raum hinterlassen hat. Er sagt leise: „Wissen Sie eigentlich, wie komplex ein Küchensieb sein kann?"

Buck schlägt seine Faust mit einem lauten Knall auf den Tisch und brüllt den Pastor an:

„Seid ihr hier denn alle völlig durchgeknallt?"

Musca hat sich beim Wutausbruch seines Kollegen mehr erschrocken als der Pastor.

Buck fragt schnaufend weiter: „Der Mann gestern Abend wurde übrigens tatsächlich vom Blitz getroffen. Was haben Ihnen die Männer, mit denen Sie unterwegs waren, erzählt?"

Buck setzt sich gespielt lässig auf seinen Stuhl und wartet, ohne dabei wesentlich langsamer zu atmen.

„Ich habe meine Aussage heute Morgen gemacht. Alles andere unterliegt meiner Schweigepflicht als Pfarrer. Ich hoffe, das können Sie akzeptieren."

„Also hat Ihnen einer der Männer etwas gestanden! Sie sagten heute Morgen, dass oben auf dem Gerüst der Fähre auch ein Mann war ... War es einer von denen?" Bei dem Wort „denen" zeigt Buck zur Tür.

„Ich sagte Ihnen bereits, dass ich nichts erzählen darf."

Buck springt wieder von seinem Sitz auf. „Unter der Fähre wurde einen Steinwurf von Ihrer Kirche entfernt eine Leiche gefunden, aber Sie ...“

Buck hört mitten im Satz auf zu reden und schnauft den Pfarrer grimmig durch die Nase an. Dann geht er zur Tür, öffnet sie und sagt: „Vielen Dank, Herr Pfarrer, guten Tag.“

Den unwirschen Abschied an sich abprallend, geht der Pastor erhobenen Hauptes langsam an Buck vorbei und sagt höflich mit einer dezenten Verbeugung: „Ebenfalls einen guten Tag, Herr Kommissar!“

„Warum lassen Sie ihn gehen?“, fragt Musca, aber Buck macht nur ein undefiniertes Geräusch und eine abwertende Handbewegung und stützt sich dann mit beiden Händen auf die Fensterbank.

Kurz darauf vernehmen sie noch Albert Berg und Isaac Newborg. Sie machen hier Urlaub. Eine Zufallsbekanntschaft, wie beide angeben. Den Toten kennen sie nur flüchtig.

Der Pastor verlässt, während Albert und Isaac befragt werden, mit dem Russen den Fährkrug. „Was haben Sie mit dem Renalgejum an der Oste gemacht? Ist Ihre Aufgabe nun vollbracht?“, will Bernhard von Kasper wissen.

„Es war nicht nur meine Aufgabe, wir haben es gemeinsam vollbracht“, bekommt er vertrauensvoll zur

Antwort. „Haben Sie nicht gesehen, wie die Kugel in das Wasser glitt?“, fragt Kasper zurück.

„Nein, da habe ich wohl gerade zu den Polizisten gesehen. Was genau haben wir getan und wer war der grauhaarige, alte Mann?“

Kasper überlegt, wie er dem Pastor antworten kann. Der Grauhaarige hat den Ablauf bei ihren Treffen mehr als einmal beschrieben. Alles erschien ihm logisch und klar.

Die Kugeln wirken wie Kraftzentren in einem Weizenkorn. So wie der Samen die Fähigkeit besitzt, aus seinem Umfeld Mineralstoffe aufzusaugen und damit einen kraftvollen Keim zur Sonne zu schieben, saugt unser Globus Energie aus dem All auf und sendet diese als Strahl an einen Empfänger.

Jetzt begreift Kasper, wie unwirklich die ganze Aktion bis gestern für ihn noch war. - Zwei Energiepunkte im Raum. - Er wusste alles darüber und weiß doch nichts.

Es war, als kenne er ein Kochrezept und hätte nun das gekochte Menü gekostet. Das Wissen über die Zutaten und die Zubereitung kann noch so sorgfältig erlernt werden. Das Erlebnis, zu essen, und der Genuss des Gaumens bleibt etwas völlig anderes. Kasper ist müde.

Er sagt: „Ich weiß auch nicht genau, wer der Alte eigentlich ist. Wolfgang brachte ihn irgendwann mit, seitdem war er immer mit dabei.“ Kasper redet sehr langsam. „Ich würde jetzt gerne nach Hause fahren. Es war nett, Sie kennengelernt zu haben.“

Kasper gibt dem Pastor kurz, aber herzlich die Hand und geht dann zu einer der beiden Taxen, die an der Ecke des Platzes auf Fahrgäste warten. Als der Wagen startet und um die Ecke biegt, hebt Kasper zum Abschied kurz die Hand.

Dem Pastor jagen noch tausend Fragen durch den Kopf. Der Klarheit, die seinem Gefühl und seiner Seele seit heute zuteil geworden sind, kann sein denkender Kopf noch nicht folgen.

Er fühlt sich wie schwebend auf einem Ozean aus Licht, Harmonie und Zuneigung, jedoch ohne zu begreifen, was vor sich geht. Er will nicht, dass Kasper wegfährt, aber wie selbstverständlich winkt er ihm freundlich hinterher.

Eine Gruppe Polizisten geht dicht an ihm vorbei und dann in den Fährkrug. Es ist, als tauche er langsam wieder in seinen normalen Alltag ein. Erst jetzt nimmt er die vielen Menschen um sich herum wahr.

Es sind Anwohner auf ihrem normalen Weg durchs Dorf, Schaulustige, die noch einen Blick auf das grausige Geschehen werfen wollen oder jene alten Männer, die anscheinend jeden Tag hier sitzen.

Warum hat Kasper nicht auf Albert und Isaac gewartet? Warum will er gar nicht wissen, was die Polizei sie gefragt hat?

Er setzt sich auf eine freie Bank und wartet.

Plötzlich steht der Grauhaarige vor ihm. Bernhard hat ihn gar nicht kommen sehen.

„Wer sind Sie?", fragt Bernhard, als er sich neben ihn setzt. Der Pastor sieht den alten Mann dabei von der Seite an.

Als er merkt, dass dieser die Frage nicht beantworten will, spricht er: „Sie sagten, die Glaskugel sei ... - Wie drückten Sie sich aus? - Der Sinn unserer Hochkultur. - Was soll sie im Wasser, was macht das für einen Sinn?"

„Wir warten auf einen zündenden Gedanken", sagt der alte Mann leise, in feierlicher Stimmung. „Oder besser gesagt, wir warten nicht, er wird passieren", fügt er verbessernd hinzu.

Dann erklärt er dem Pfarrer, was auch Kasper bei den Kommissaren gedacht hat: „Stellen Sie sich eine Radioröhre vor. Wenige Elektronen schalten im Gitter enorme Lasten ein und aus, so schaltet letztlich ein menschlicher Gedanke einen intergalaktischen Hauptstrom."

„Nur ein Gedanke?", der Pfarrer verzieht skeptisch sein Gesicht. So richtig verstehen kann er immer noch nicht, was der Grauhaarige ihm erklären möchte.

„Wenn im Winter der Ast eines Baumes unter der Last des fallenden Schnees abbricht, dann war es am

Ende nur eine einzige Schneeflocke, die es verursacht hat."

„Aber was für ein Hauptstrom? Ich verstehe immer weniger ..."

Der Alte neigt sich zum Pastor und flüstert: „Ihr seid die Kultur der Umsetzung. Ihr müsst nichts mehr verstehen."

„Ich hingegen will verstehen!", sagt der Kirchenmann fordernd. „Ich muss zugeben, dass mich die Funktion einer Radioröhre bisher nicht besonders interessiert hat, trotzdem sehe ich noch keinen Zusammenhang zum Geflecht menschlicher Gedanken."

Der Alte spricht, ohne ihn anzusehen: „Die Funktion einer Verstärker-Röhre können Sie im Lexikon nachschlagen, dazu benötigen Sie mich nicht, und die Kraft der Gedanken haben Sie heute gespürt."

Darauf erhebt sich der Grauhaarige und ergänzt: „Meiner Erde wird es gut gehen. Entweder Sie werden die Welt weiterhin beschützen oder das System wird es tun. Da bin ich mir sicher."

Der Pastor hat sich auch erhoben und sie stehen sich einen Moment auf Augenhöhe gegenüber. Dann sinkt Bernhard auf die Knie und sein Blick fällt auf den Boden.

„Ich danke", sagt der grauhaarige Mann feierlich und legt dem Pastor seine Hand auf das Haar.

Dann befiehlt er: „Steh auf, mein Sohn.“

In diesem Moment kommen Albert und Isaac aus dem Fährkrug. Sie bleiben hinter der schweren Eingangstür stehen, die direkt auf den Deich führt und von oben einen weiten Blick über den ganzen Vorplatz erlaubt.

Als sie den Pastor und den Grauhaarigen ausmachen, verbeugt sich dieser leicht vor ihnen und ist im selben Augenblick lautlos verschwunden.

„So langsam wird er mir unheimlich“, sagt Isaac, als sie Bernhard erreicht haben.

„Wer ist er?“, fragt der Pastor und sagt dann, als wolle er sich die Antwort selber geben: „Er springt durch Raum und Zeit. Er entscheidet über Leben oder Tod.“

Aus dem Fährkrug kommen nach und nach die Polizisten. Sie steigen in ihre Fahrzeuge ein und verlassen das Dorf Richtung Bundesstraße. Zwei von ihnen entfernen die Absperrbänder, die um den Tatort gespannt waren. Sie verstauen alle Utensilien im großen Kofferraum des Polizeibusses und auch sie fahren irgendwann am Deich entlang und hinterlassen einen Dorfplatz, der das Unglück des Vortages anscheinend schon vergessen hat.

Albert, Isaac und der Pastor haben der schnellen Verwandlung vom hektischen Tatort zum gemütlichen Dorfplatz wortlos mit zugesehen. Die Sonne ist inzwischen untergegangen und nun erfasst auch sie das Gefühl von Auflösung. Sie gehen, so wie auch die letzten anderen Schaulustigen, ihrer Wege.

Vor dem Pfarrhaus bleibt Bernhard stehen und überlegt, ob er noch einmal zum Beten in die Kirche gehen sollte. Da öffnet sich die Haustür und seine Frau Monika empfängt ihn erleichtert mit den Worten: „Na, kommst du auch schon? Das Essen ist fertig. Ich warte schon über eine Stunde auf dich."

In der folgenden Nacht wird sie einige Male aufgeweckt, weil ihr Mann im Schlaf wirres Zeug redet:

„ ... das Durchschalten übernehmen einzelne Elektronen in dem feinen Gitter zwischen Plus- und Minuspol."

„ Was wollen Sie hier in unserem Garten?"

„ ... Wolfgang Trasom hat das auch nicht verstanden. Er war selbst Teil des Zündmechanismus."

Irgendwann schüttelt sie ihn vorsichtig und fragt besorgt. „Welcher Zündmechanismus? - Was träumst du, Liebling?"

Sie hat ihren Mann vorher noch nie im Schlaf reden hören.

Sieben

Am nächsten Morgen scheint die Sonne.

Albert und Isaac verlassen sehr früh ihre Kate, um in der Natur ein paar Kilometer zu laufen. Als sie die Stelle erreichen, von der aus sie das Renalgejum in den Fluss hinabgleiten ließen, bleiben sie stehen.

„Kaum zu glauben, unser Planet ist nun eine intergalaktische Röhre", sagt Isaac mit Blick aufs Wasser.

„Ich dachte, die Erde reift nun zur Frucht heran", erwidert Albert.

„Einerlei", sagt Isaac, „dieses Renalgejum ist jedenfalls einer der gewaltigsten Energiepole im ganzen Universum."

„Sehen tut man nichts davon", sagt Albert fast traurig. „Dafür war es gewollt und geschah nicht zufällig wie etwa der Ausbruch einer Supernova", fügt er nach einer Weile hinzu.

„Lass uns nicht schon wieder streiten, was Zufall ist. Ich glaube nach wie vor nicht, dass Gott würfelt."

Albert antwortet nicht. Sie laufen beide ein wenig auf der Stelle oder dehnen abwechselnd im morgendlichen Sonnenlicht ihre Muskeln.

„Was machen wir jetzt?", fragt Isaac schließlich in einer Art, als müsse er sein Lieblingsspielzeug nun endgültig dort im Fluss zurücklassen. Ohne eine Antwort abzuwarten, läuft er langsam auf dem Deich weiter gegen den gemütlich fließenden Fluss.

„Meinst du, Kasper kommt noch mal wieder?", fragt Albert.

„Keine Ahnung."

Als sie eine Weile später erschöpft die kleine Kate erreichen, erwartet sie der Grauhaarige in der niedrigen Tür.

Nach einer freundlichen Verbeugung geht er in die Stube, noch bevor Albert und Isaac an ihn herangetreten sind.

„Ist das Projekt nun zu Ende?", fragt Isaac neugierig, unmittelbar nachdem sie die Stube betreten haben.

„Für mich schon. In sechsundzwanzigtausend Jahren wird jemand kommen und nach dem Rechten sehen, aber so lange werdet ihr bestimmt nicht warten."

Der alte Mann lächelt.

„Dafür ich habe euch ein Geschenk mitgebracht." Er zeigt dabei auf eine rote Schachtel, die auf dem Tisch steht. Sie sieht auf den ersten Blick wie ein kleiner Schuhkarton aus.

Albert und Isaac sehen sich höflich an, ob nicht der andere zuerst nachsehen möchte, was sich darin befindet.

Isaac zieht die Schachtel schließlich zu sich heran und findet darin eine elektrische Kupplung.

Er dreht sie ein wenig hin und her und gibt sie sichtlich enttäuscht zu Albert hinüber. Dann vergewissert er sich, dass nichts mehr in der Box zu finden ist. „Verschließe den Deckel wieder sorgfältig!", befiehlt der Alte und Isaac legt den Deckel fest auf den Karton.

Albert nimmt die Steckdose in die Hand und untersucht sie. Es ist ein graues Kunststoffgehäuse mit einem roten Deckel. Er hebt den Deckel an und betrachtet die fünf Löcher darin. Er hat solche großen Steckdosen schon häufiger gesehen, aber sich noch nie so konkret dafür interessiert. In der Autowerkstatt, die ihm regelmäßig seinen Wagen repariert, gibt es einige davon an der Wand, um die großen Maschinen mit Strom zu versorgen.

Der Deckel der Steckdose schließt mit Federkraft. Albert läßt ihn klackend ein paar Mal zufallen. Man merkt, dass auch er nicht weiß, was sie mit dem Ding anfangen sollen.

„Das wäre eher etwas für Kasper", sagt er zögernd.

So eine Kupplung würde benötigt, wenn ein Verlängerungskabel für 400V Drehstrom angefertigt werden müsste. Sie kostet im Baumarkt vermutlich nicht viel mehr als 10 Euro.

Albert klackt noch zwei-, dreimal mit dem Deckel und sieht dann zu dem Grauhaarigen. Er ist sicher, dass er zum Abschied keine unfertige Verlängerungsschnur verschenkt. Trotzdem stellen weder er noch Isaac dazu eine Frage.

„Vorsicht, da ist Spannung drauf!", warnt der Alte schließlich.

„Wirklich?" Isaac will Albert das Teil jetzt sofort wieder aus der Hand nehmen, doch der Alte schiebt ihm noch einmal die Schachtel hin.

„Hier, bitte."

Isaac öffnet ungläubig den Deckel und findet zu seiner Überraschung die gleiche Kupplung noch einmal darin.

„Achte auf die seitliche Prägung. Das ist die Nummer zwei." Der Grauhaarige zeigt dabei auf die kleine Ziffer am grauen Gehäuse.

„Wie viele sind da noch drin?", möchte der verwirrte Isaac wissen.

„Ihr habt genug."

„Und da ist wirklich Spannung drauf?" Albert hebt noch einmal den Deckel an und sieht in die Löcher, in denen das angeblich Strom führende Metall zu sehen ist. Diesmal ist er sehr viel behutsamer.

„Wie geht das?"

Der alte Mann will gerade antworten, aber Isaac kommt ihm zuvor: „Behaupte doch nicht, mit einem Kabel daran hättest du den elektrischen Strom verstanden? Licht, Telefon, Radio. Für dich ist doch eigentlich alles Zauberei."

Albert antwortet nicht. Dafür versinkt er nachdenklich in seinem Sessel, das Minikraftwerk dabei noch immer in seinen Händen.

„Isaac hat recht!", sagt der Alte. „Ihr habt euch schon längst zu Sklaven der Technik gemacht. Mit diesen Teilen beginnt nur eine neue Stufe eurer Kultur. Seht euch einmal um, was die Menschen alles blind verwenden, ohne es zu verstehen. Woher diese Energie stammt, wird niemanden interessieren."

„Das ist nicht wahr", sagt Albert. „Ich bin zwar Historiker und kein Techniker, und gerade daher weiß ich, dass die Menschheit nichts entwickelt, ohne es zu hinterfragen."

Der alte Mann lächelt: „Stell dir einmal vor, du würdest Beethoven mit einer Zeitmaschine besuchen und spieltest ihm seine Eroica von einem iPhone vor. Was glaubst Du, worüber wäre er mehr erstaunt, über das Orchester in dem glänzenden, kleinen Ding oder über die Zeitreise?"

Der Alte macht eine Pause. Albert wiegt seinen Kopf langsam hin und her. Er scheint in Beethovens Zeit angekommen. Auch er hat seine Lieblingsmusik auf seinem Smartphone gespeichert. Tatsächlich hat er nie

endgültig hinterfragt, wie genau sie dort hinein-
gekommen ist.

Der Alte wiederholt: „Woher diese Energie stammt,
wird niemanden interessieren", und zeigt auf die
Kupplung in Isaacs Händen.

„Welche Leistung kann man daran anschließen? Hat
das Ding etwas mit dem Renalgejum zu tun?", fragt
Isaac.

Er hat damals die alten Stonehenge-Überlieferungen
richtig gedeutet, so dass er mit den Elektroingenieuren
Kasper Vladow und Wolfgang Trasom daraus mo-
derne Stromlaufpläne übersetzen konnte. Nach diesen
hat Wolfgang dann in Paris seine Anlage gebaut.

Während Albert noch grübelt, ob ein unvollständiges
Verlängerungskabel wirklich eine neue Kultur herauf-
beschwören kann, antwortet der alte Mann: „Jeder
Stecker liefert bis zu 500 Megawatt Strom, aber be-
denkt, dass ihr nur eine Box habt. Nur eine Quelle für
praktisch unendlich viele Stromlieferanten."

Isaac hält dem Grauhaarigen den Stecker entgegen
und vergewissert sich: „Dieses Ding hier ist ein halbes
Atomkraftwerk?"

Der Grauhaarige steht auf. „Im heutigen Zustand der
Erde ist der Besitzer der Schachtel in größter Gefahr.
Nehmt euch so viele Stecker wie ihr wollt und versucht damit die Macht des Geldes zu brechen, ohne
die Menschheit in Gefahr zu bringen. Versteckt die

Box an einem sicheren Ort und holt sie wieder, wenn die Welt reif dafür ist."

„Vielen Dank, und danke für die Warnung", sagt Albert.

Der Alte geht, und im Türrahmen stehend, antwortet er: „Das war keine Warnung, das war ein kleiner, liebevoller Hinweis an meine denkenden Freunde."

Er erhebt den Zeigefinger: „Als Warnung rate ich euch eindringlich: Konzentriert euch auf das System! Ihr füttert es, es liegt in eurer Verantwortung, wie ihr später mit ihm leben werdet. - Das System wird viele dieser Stromquellen verschlingen wollen."

Als der alte Mann fort ist, sagt Albert zu Isaac: „Schade, dass Wolfgang diese Wunderstecker nicht mehr erlebt."

Isaac nimmt einen dritten Stecker aus der Schachtel. „Warum hat der Alte Wolfgang nichts von diesen Teilen erzählt? Diese unendliche Energie war doch genau das, was er für die Welt erschaffen wollte."

„Und warum hat er sie uns gegeben und nicht Kasper, er ist schließlich der Techniker. – Sind wir wirklich frei im Umgang mit den Dingern?"

Am Nachmittag reinigen Albert und Isaac das Haus und treffen den Vermieter. Sie buchen die Kate für das nächste Jahr und übergeben ihm die Schlüssel.

Acht

In der Zeitung bleibt der ‚Mord auf der Schwebefähre‘ für die nächsten Wochen auf der Titelseite. Der Pastor wundert sich, dass Kasper als angebliches Mitglied der russischen Mafia nun doch gesucht wird. Aber kein Wort von einem Blitz, kein Wort vom Eiffelturm, kein Wort von einem grauhaarigen Verdächtigen.

Für Bernhard beginnt eine neue Zeit. Seit dem Nachmittag in der geheimnisvollen Stube ist es nicht mehr möglich, ihn zu belügen. Der Sinn hinter einem gesprochenen Wort erschließt sich ihm auf sonderbare Weise, als werde mit der Sprache auch eine Welle an Gedanken übermittelt, die er lesen kann.

Als sein Leben noch den Runden in einem Goldfischglas glich, aus dem heraus Engelwesen und Lebenskräfte nur erahnt werden konnten, ließ es sich gut in der aus Lügen und Hinterlist erbauten Welt aushalten.

Nun scheint er in ein Netz gefallen zu sein, aus dem heraus sich die Tiefe des Denkens, wie eine weitere Dimension, erschließt.

Jede Nachrichtensendung wird zur Qual.

Früher zerrannen die Lügen in einem Meer aus eigenen Konstruktionen und formten selbst Mauern zum Schutz vor wieder anderen Unwahrheiten.

Es war wirklich möglich, von Herzen zu denken, dass böse Terroristen an jenem 11. September die Türme des World-Trade-Centers zum Einsturz gebracht hätten. Nun liegt die Wahrheit ohne jedes Wenn und Aber vor ihm.

Nicht zu wissen schafft Geborgenheit, gleich einem festen Haus in stürmischer Nacht. Der Goldfisch im Fährkrug schwimmt derweil seine Bahnen.

Bernhard sieht, wie Politiker im Fernsehen behaupten, ein böser Diktator habe Giftgas und bedrohe damit die Welt. Ein anderer habe Uran und baue damit eine Atombombe. Zivilisierte, hoch entwickelte Kulturen schicken daraufhin ihre Soldaten in die fremden Länder und töten dort nach Herzenslust.

„Sind seit den Kreuzzügen wirklich schon 500 Jahre vergangen?", denkt Bernhard und schämt sich, weil die Menschheit wirklich nichts dazugelernt hat.

Wenig später erzählen in den Nachrichten die gleichen Politiker, dass es ein großes Missverständnis mit dem Giftgas und dem Uran war und entschuldigen sich. „Schwindel!", ergänzt Bernhard wütend.

Weil jetzt alle Angst vor den Terroristen haben, töten die Soldaten ohne Unterbrechung weiter. Niemand erkennt mehr einen Zusammenhang zu der Lüge, die den Einsatz auslöste.

Bernhard ist beschämt, wie viele Christen seiner Kirche in der Welt täglich morden.

Kein Bürger seiner Gemeinde sieht oder empfindet, wie viel dörfliches Glück mit Leid außerhalb des Goldfischglases bezahlt wird.

Jeder Versuch, die Menschen in Gesprächen und Predigten wachzurütteln, bewirkt nur, dass sie die Mauern der Dunkelheit enger an sich heranziehen. Es sind Wände, die zwischen den Menschen und der Wahrheit errichtet wurden.

„Ja, da haben Sie Recht, da müsste man eigentlich etwas tun", ist die stereotype Antwort, die er zu hören bekommt.

Und es wird täglich schlimmer.

„In unserem Land bezahlen wir für eine Tonne Müll mehr Geld als für eine Tonne Weizen", predigt er seiner Gemeinde ins Gewissen. Nach dem Gottesdienst bekommt er, wenn überhaupt, nur ein unbeteiligtes „Wirklich, ist das so?" zu hören. Echte Betroffenheit erlebt er eigentlich nie.

Monika beginnt sich Sorgen um ihren Mann zu machen. Viel häufiger als früher sitzt er vor dem Gekreuzigten in seiner Kirche und betet. Die Gemeinde sucht immer seltener seinen Rat. Die Menschen ertragen es nicht, wenn ihnen jemand die Wahrheit direkt ins Gesicht sagt.

Je klarer der Pastor selbst Zusammenhänge und Muster in der Welt sieht, desto weiter entfernt er sich von seinen Mitmenschen.

Zum jährlichen Schützenfest beginnen alle im Dorf, ihre Häuser und Gärten herauszuputzen. Die Rasenmäher sind im Dauereinsatz und verpesten, laut knatternd, die Luft. Überall werden Blumen gepflanzt und neue Dekorationen aufgebaut.

In den Hauseinfahrten wird Gift gegen Unkraut versprüht. Der zarte Todesschleier, den dieses Gift über ihr Dorf spannt, liegt dem sehenden Gottesmann schwer auf dem Gemüt.

Einzig die Wege um die kleine Kate bilden eine erholsame Ausnahme.

Die Tochter des Vermieters sitzt seit Tagen auf der Einfahrt und kratzt mit einem Messer die Wurzeln der unerwünschten Pflanzen zwischen den Pflastersteinen heraus.

Die Dorfstraße, an der das kleine Haus liegt, wird zur anderen Straßenseite vom Ostedeich gesäumt. Dort sitzt Bernhard häufig auf einer kleinen Bank und sieht der jungen Frau bei der Arbeit zu oder liest die Zeitung.

Heute wird berichtet, dass ein deutscher Konzern in Amerika Milliarden bezahlen muss, weil er für die Krankheit haftet, die ein amerikanisches Spritzmittel bei einem Hausmeister verursacht hat.

Die verantwortlichen Politiker predigen geschlossen, dass das Mittel weiter unbedenklich versprüht werden darf.

Bernhard ist traurig. Er versteht, dass selbst das Recht zur modernen Wegelagerei verkommen ist. Keine

Lebensversicherung würde das Leben dieses Hausmeisters auf eine derart utopische Summe versichern.

Die Prozesse dienen einzig dem Zweck, Gelder aus anderen Volkswirtschaften zu erpressen. Daher stört es auch nicht, dass Politiker gegenteilige Gesetze erlassen.

Während er über den Artikel nachdenkt, gehen unten am Deich Menschen spazieren. Er hört die Leute, als sie bei der jungen Frau vorbeigehen, spotten: „ ... in einem Monat muss sie wieder von vorne anfangen. Mit meinem Mittel hätte sie für mindestens ein Jahr Ruhe vor dem Unkraut."

Von seinem erhöhten Platz auf dem Deich sieht er die unter ihm liegende Dorfstraße mit den geschmückten Häusern entlang. Er fühlt das Muster des Todes, das außer ihm niemand sehen will.

Es ist egal, ob viele Soldaten ein großes Land mit Chemiewaffen vergiften oder ob tödliche Produkte nur das Leben in einer Hauseinfahrt zerstören, beidem liegt derselbe Geist zugrunde und in beiden Fällen der konstruierte Glaube der Täter, damit Gutes zu tun.

Er freut sich über die Frau dort unten, die in einem fast vollständig vergifteten Dorf dem Leben eine Fläche von nur wenigen Quadratmetern erhält. Sie beseelt den Boden mit ihrer Hände Arbeit.

Bernhard kann nicht wissen, dass sich die gleiche Energie genau hier vor vielen tausend Jahren schon einmal ausgesät hat und er in Kürze tiefer in diese

Kraft hineingezogen wird, als man sich überhaupt vorstellen kann.

Er geht auf einer schmalen Treppe den Deich hinunter, tritt zu der jungen Frau heran und fragt: „Darf ich Ihnen ein wenig zur Hand gehen?"

Überrascht sieht sie zu ihm auf und sagt: „Vielen Dank, aber ich höre sowieso gleich auf. Ich muss jetzt Mittagessen kochen."

Am Eingang neben einem Efeu sieht er einen Korb mit Zwiebeln, Rote Bete und frischen Kräutern, die anscheinend frisch aus dem Garten geerntet wurden.

Der Pastor genießt den Blick dieses fröhlichen Menschen. Sie arbeitet viel härter als alle anderen, um ihr Haus für das Fest zu schmücken. Doch sie tut es von Herzen, während alle anderen um sie herum, der vielen Arbeit wegen, jammern.

Zu Hause läuft der Fernseher. Monika stellt gerade zwei Aluminiumschachteln in die Mikrowelle und setzt sich wieder vor den Apparat.

Es läuft ein McDonalds-Werbespot.

Mit Kasper, dem Russen, hatte sich Bernhard in der Kate über die Freiheit des menschlichen Geistes unterhalten. Kasper behauptete, dass sich die Gedanken der Menschen genauso einfach lenken lassen wie Elektronen in einem elektrischen Kraftfeld. Er führte als Beweis einen McDonalds-Werbespot im Fernsehen an. Dieser kostet etwa hunderttausend Euro.

Auf dem Tisch liegt ein Handy. Es gibt das Signal einer eingehenden WhatsApp - Nachricht von sich.

Weder Bernhard noch Monika reagieren auf das Geräusch. Er verfolgt weiter seinen Gedanken. Wenn ein Fernsehspot so viel Geld kostet, dann essen ungefähr hunderttausend Menschen einen Burger, den sie ohne die Fernsehaufforderung nicht hätten essen wollen. Wenn das nicht so wäre, so argumentierte Kasper, dann würde das Unternehmen den Spot nicht schalten.

Bernhard schmunzelt über die gut gemachte Werbung, und als seine Frau die Aluschachteln auf ihre Porzellanteller umfüllt, denkt er an das gesunde Essen der jungen Frau vor dem Haus am Deich.

Fast automatisch faltet er seine Hände und flüstert ein kurzes Tischgebet, während Monika ihre Nachricht auf dem Handy liest.

Im Fernsehen wird derweil über Terrorismus und die neuen Sicherheitsgesetze diskutiert. Ein Augenzeuge berichtet in einem reißerisch aufgemachten Beitrag, dass er nach Madrid geflogen sei und dass dort einer Frau mit vier Kindern im Zuge einer Sicherheitskontrolle die Babynahrung und jedem Kind der Joghurt vor den Augen der weinenden Mutter in den Müll geworfen wurde.

„Der hat den Ernst der Lage wohl noch nicht verstanden", schimpft Monika vorwurfsvoll gegen den Mann im Fernsehgerät.

Bernhard sieht seine Frau erschrocken an und überlegt, ob er ohne die Begegnung mit dem Grauhaarigen
auch glauben würde, dass von 250 Gramm Kindernah-
rung eine Bedrohung für die Menschheit ausginge.

Der Grauhaarige sprach auf dem Dorfplatz von den
Gedanken der Menschen. Ein Gedanke würde ein
Kraftfeld zünden. Er versucht sich vorzustellen, ob
das jetzt im Fernsehen die Gedanken sind, die sich der
Alte für das Renalgejum wünschte.

Überhaupt denkt der Pastor immer häufiger an die
Idee dieses Energiestrahls. Wenn der Strahl zwischen
Paris und Oosten wirklich gezündet wurde, warum hat
diese Zündung nicht die ganze Menschheit umge-
bracht?

Als die Energie nur ein paar hundert Meter durch Paris strömte, hat sie einen Menschen getötet.

Ein Experte erklärt derweil im Fernsehen, dass man
den Terroristen keine Chance geben werde.

So geht das Leben seinen Gang.

Neun

Der Pastor erlebt die Menschen in seinem Umfeld immer mißgünstiger, trauriger und einsamer, während in den Nachrichten die Erfolge der Politik gelobt werden: Das Wirtschaftswachstum sei über zwei Prozent gestiegen. Den Hochwasseropfern wurden mehrere Millionen Euro gespendet. Es gibt Mobiltelefone, deren Batterien über einen Monat lang halten.

Bald wird es Weihnachten.

Als Pastor darf und muss Bernhard die Menschen führen, die seit über zweitausend Jahren die Ankunft von Gottes Sohn auf Erden feiern. Aber dieses Jahr ist ihm das Fest anders, denn es verging kein Tag, an dem er sich nicht an den Grauhaarigen erinnerte.

War er in diesem Jahr wirklich dem Allmächtigen begegnet? Aus welchem Grund wurde ausgerechnet ihm der Schleier von den Augen gerissen.

Wenn es wirklich Gott war, der ihn zu Kasper, Albert und Isaac in die Stube holte, hat er ihn damit zu irgendetwas verpflichtet? Wie kann er seinem Herrn jetzt anders dienen, nur weil er weiß, dass zwei gigantische Energiekerne auf dem Globus existieren?

Die Entdeckung des Magnetfelds der Erde hat die Menschheit seinerzeit geistig und wirtschaftlich beflügelt. Ohne das Wissen um Nord- und Südpol wären die großen Entdecker ohne Kompass auf dem Meer verloren gewesen. Ist das neue Energiefeld die Grundlage für einen vergleichbaren Aufstieg?

An den Weihnachtstagen sitzt Bernhard lange auf dem Deich und sieht von dort auf die kleine Kate herab. Die Tochter des Vermieters, die so liebevoll den Garten pflegte, hat er seit dem Sommer nicht mehr gesehen. Er stellt sie sich als Weihnachtsengel vor, wie sie singend über diesem Haus schwebt.

Es fängt an zu schneien.

Er tritt den Heimweg an und geht die Straße entlang. Dabei sieht er durch die Fenster weihnachtlich geschmückter Stuben.

Hinter einer Mauer springt aus einem dunklen Garten plötzlich ein kleiner, etwa sechsjähriger Junge hervor und feuert mit einem rot-gelb blinkenden Maschinengewehr auf den erschreckten Fußgänger. Er ruft dabei in den Weihnachtsabend: „Tod allen Terroristen - Tod allen Terroristen."

Dann zeigt er seinem sprachlosen Opfer den kleinen Drehknopf an seinem Weihnachtsgeschenk und erklärt: „Guck mal, Onkel, hier geht's laut und leise. Geil, nä?"

Dann rennt er, ohne eine Reaktion des Angesprochenen abzuwarten, wieder wild brüllend hinter seine Mauer, die das elterliche Haus beschützt, und schießt weiter laut um sich.

Bernhard sieht noch einmal zu der im Dunkel hinter ihm liegenden Kate, als hoffe er, zu Weihnachten doch noch irgendwo den Engel zu entdecken.

Als er sein Pfarrhaus neben der Kirche erreicht, sieht er auf dem Boden unter einem Kirchenfenster den langen, schwachen Schatten eines Menschen. Er freut sich, wenn Besucher den Weg in das Gotteshaus finden. Er betrachtet kurz den schwachen Schein und geht dann durch die schwere Kirchentür, die Tag und Nacht unverschlossen ist.

In einer der vorderen Reihen sitzt andächtig ein Mann. Bernhard geht noch ein paar Schritte das Kirchenschiff entlang und flüstert dann erfreut:

„Kasper!“

Kasper Vladow dreht sich, ohne ein Wort zu erwidern, um. Er lächelt und wendet sich wieder dem Altar zu. Der Pastor geht nun eilig bis zu Kaspers Bank und setzt sich neben ihn.

„Es freut mich, Sie zu sehen“, sagt er. „Frohe Weihnachten.“

„Ich glaube, wir waren auf der falschen Seite“, sagt Kasper, ohne den Pastor erneut anzusehen.

Sie sitzen eine Weile nebeneinander, ohne zu sprechen.

Bei ihrer ersten Begegnung war Kasper Vladow ein Mann aus einer Gruppe von zunächst fremden Menschen. Bernhard erinnert sich des schönen Gefühls, nach kurzer Zeit Teil dieser Gruppe zu sein.

Es war ein Nachmittag, der sein ganzes Leben veränderte.

Er erinnert sich auch an den fast wortlosen, kühlen Abschied auf dem Dorfplatz, der so gar nichts Freundschaftliches an sich hatte. Er sieht Kasper im Profil an und fragt schließlich: „Wen meinen Sie mit ‚wir‘?“

„Wir alle haben Wolfgang verraten“, spricht Kasper leise eher für sich.

Bernhard richtet seinen Blick ebenfalls zum Altar. Unter dem großen Kruzifix hängt ein breites Gemälde, auf dem das Abendmahl zu sehen ist.

„Jesus wurde von Judas verraten“, denkt Bernhard bei sich, als wollte er damit die Anschuldigung des Verrats von sich abwehren.

Dann antwortet er nach kurzer Überlegung: „Aber Wolfgang Trasom hat doch die Gruppe verraten ...“ Er spürt, dass seine Hände anfangen zu zittern.

Bernhard hat plötzlich Angst. Er wartet auf eine Erwiderung von Kasper, doch dieser sitzt nur ruhig atmend neben ihm.

Er sieht auf Kasper und dann auf seine Hände. Kasper scheint keine Angst zu haben. Er sitzt ruhig dort. Bernhard wartet.

„Sie werden immer noch von der Polizei gesucht“, sagt er schließlich in fast fragendem Ton.

„Warum sind Sie nach dem Mord zu unserem Haus gekommen?", fragt Kasper, nun mit mehr Entschlossenheit in seiner Stimme.

„Ich ... ", Bernhard stockt in seiner Antwort und wendet eher zufällig seinen Kopf, wodurch sich die beiden Männer ungewollt in die Augen blicken. Er sieht in Kaspers Gesicht die wahre Antwort, die er jetzt geben sollte. Er wusste an dem Abend als Einziger, dass der Grauhaarige Wolfgang Trasom getötet hatte.

Er war dem Mörder auf eigene Faust gefolgt, weil die Polizei seiner Aussage keinen Glauben schenken wollte. Er war mit dem Vorsatz in den Garten geschlichen, den Täter zu entlarven. Er wollte die Sünde, dessen Zeuge er war, gesühnt wissen. Außer ihm wusste niemand in der Stube, was genau geschehen war.

Schmerz und Scham klopfen plötzlich in seinem Herzen und er wendet den Blick wieder von Kasper ab. Tief atmend sucht er Ruhe in dem Abendmahl unter dem Kreuz.

Christus und seine Jünger verschwimmen in seinem Blick, als der Schmerz ihm Tränen in die Augen treibt.

„Er spielte kurz mit der Standuhr herum, und Sie waren völlig eingelullt", sagt Kasper spöttisch, ohne von Bernhards Tränen Notiz zu nehmen.

In seiner Stimme klingen jetzt Vorwurf und Ironie.

„Ich hätte zu Wolfgang halten müssen“, fügt Kasper selbstkritisch und wieder sachlich hinzu.

Sie sitzen eine Weile nebeneinander. Bernhard atmet mehrmals tief durch, bis sich die Tränen zurückziehen.

„Was hat Ihren Sinneswandel bewirkt?“, möchte Bernhard schließlich wissen, „Haben Sie den ...“. Er überlegt eine passende Formulierung. Bernhard fehlt eine Vokabel für den alten Mann, der in seinen Gedanken im Laufe des Jahres tatsächlich zu einer Verkörperung des allmächtigen Gottes geworden ist.

Ihm verdankt er die neue Weite seiner menschlichen Gedanken. Es ist eine Erscheinung, die mit der Zeit spielen kann und für die der Raum kein Hindernis darstellt.

„Haben Sie ihn noch einmal gesehen?“, formuliert Bernhard endlich einen vollständigen Satz.

„Nein, aber ich bin, genau wie Sie, seit jenem Nachmittag damit gestraft, Dinge zu begreifen, die früher im Dunkeln lagen.“

Bernhard wundert sich, woher er das weiß. Doch Kasper hat Recht. Wie ein Segen, der ihm zuteil wurde, fühlt sich sein Leben seit jenem Tag nicht an.

Kasper lehnt sich auf der Kirchenbank bequem zurück und setzt sich etwas schräg, damit er, ohne den Kopf zu drehen, den Pastor sehen kann. „Wir fühlten uns in unserer Gruppe so überlegen und so klug. Wir haben es wohl versäumt, bis an die Grenzen aller Möglichkeiten zu denken".

„Das verstehe ich nicht."

„Wenn ich Wolfgang in Paris geholfen hätte, wäre es vielleicht nicht zu dem Unfall gekommen. - Ich glaubte, wir waren wie ein Puzzle, jeder hätte genau seine Aufgabe."

Kasper macht eine Pause. „Gleichwohl, es gab mehr als eine Lösung", fügt er nachdenklich hinzu.

„Wie lange kannten Sie sich?", möchte Bernhard wissen.

„Wir treffen uns seit über vierzehn Jahren. Der alte Mann hat uns weise, aber unauffällig begleitet. Er hauchte den Treffen irgendwie einen tieferen Sinn ein.

Schon vor über zehn Jahren berichtete er über Energieströme, die geplant durchs Universum geführt werden. Sie glichen dem irdischen Golfstrom, der tropische Wärmeenergie in kalte Regionen des Planeten führt.

Er sprach von gigantischen Netzen, die die Vorstellungskraft der Menschen übersteigen."

Kasper wartet einen Moment, ob Bernhard etwas einwerfen möchte, und fährt dann fort:

„Isaac und Albert kamen vor sieben Jahren dazu. Sie fanden heraus, dass Stonehenge in England als Cyberraum-Schnittstelle gebaut wurde. Alle Pläne des Universums die Erde betreffend sind in dem Bau verschlüsselt aufgeschrieben und werden seither wie ein Erden-Programm abgearbeitet.

Alles blieb uns trotzdem unbegreiflich. Irgendwie so, als ob ein Kind einen Stadtplan erklärt bekommt, aber in der Realität die Verbindung zwischen den Straßen noch nicht wirklich versteht.“

„Und was ist ein Renalgejum?“, bringt sich Bernhard nun doch ein.

„Auch das ist in der Schnittstelle erklärt. Es wächst in der Erde, wie die Perle in einer Muschel. Vor vierhundert Jahren haben Menschen nach einem mittelalterlichen Hexenrezept einen Brei gerührt und diesen hier im Garten in Oosten vergraben.“

„Jetzt wird es aber etwas verrückt“, sagt Bernhard hochmütig und drückt damit ungewollt seine Unsicherheit aus. Weder er noch Kasper wissen, dass die Kugeln genau dort wuchsen, wo der Erde zum ersten Mal Getreidesamen aus menschlichem Denken anvertraut wurden.

In Geschichtsbüchern steht, dass die Menschheit vor zehntausend Jahren im Orient begann, Wildgetreide zu kultivieren. Das erste Korn wurde jedoch dort in die Erde gelegt, wo heute der Zuweg der kleinen Kate ist. Es war fünftausend Jahre früher.

„Natürlich klingt das verrückt", echauffiert sich Kasper, als läge im Einwand von Bernhard eine Unterstellung.

„Ich erzähle es dir genauso, wie es der Grauhaarige erklärt hat. Ich war viele Jahre lang von Zweifeln gequält. Sowohl vor unseren Treffen, als auch danach. Es gab kaum Themen, die einfach zu denken waren."

„Entschuldigung", antwortet der Pastor kleinlaut.

„Auch Ihre Gefühle tanzen immer noch zwischen Faszination, Unverständnis, Neugierde und Angst hin und her. Stimmt's?" Kasper lächelt, und Bernhard antwortet ihm:

„Stimmt genau. Ich habe jetzt so viele Erklärungen, aber begriffen, warum die Kugel ins Wasser glitt und was wir an der Oste wirklich taten, habe ich immer noch nicht."

Kasper lächelt erneut.

„Man kann es sehr einfach erklären", sagt er überlegen. „Die Erde ist ein sehr, sehr großer und einfacher Lichtschalter. - Der Grauhaarige ist ein Monteur, der die Arbeiten überwachte.

Jetzt hat der Schalter auf Durchgang geschaltet und auf Beteigeuze im Sternbild Orion kommt irgendwann brauchbare, gebündelte Energie an, die aus einer Supernova gezapft wird."

„Der Grauhaarige ist doch kein Monteur“, sagt Bernhard voller Entsetzen.

„Warum nicht, wer ist er dann? Du kannst ihn auch einen kosmischen Bauern nennen.“

Der Pastor sagt nichts. Plötzlich hat der Gedanke, Gott begegnet zu sein, etwas Beklemmendes. Er möchte am liebsten wieder weinen.

Mit geschlossenen Augen sieht er noch einmal den mächtigen Menschen vor sich, wie er die Blitze aus seinen Fingern gegen Wolfgang Trasom schleuderte.

Für die Ureinwohner Amerikas waren die Entdecker aus Europa auch Götter, weil sie mit langen Feuerstöcken aus großer Entfernung töten konnten. Bernhard empfand die gleiche blinde Liebe, welche die Rothäute den Fremden entgegenbrachten.

Trotz dieser Liebe haben die Europäer das heilige Land der Indianer verwüstet, sie haben gemordet und vernichtet.

„Ein Monteur?“, fragt Bernhard noch einmal, als müsse er sich erst langsam an den Gedanken gewöhnen. „Habe ich etwas falsch gemacht, hätte ich ihn anzeigen können?“

Kasper schmunzelt: „Anzeigen? Glauben Sie immer noch an Ihre Polizei? Es geht um uns Menschen. Das die Pole schalten würden, stand für den Alten immer fest. Ob die Menschen überleben werden oder ob, wie er es immer nannte, ‚das System‘ autark arbeiten wird, stellte er immer wieder als Frage in den Raum.“

Bernhard verschränkt seine Arme und setzt sich aufrecht hin. Schon wieder ringen in ihm zwei Fragen gegeneinander. Was für ein System? Andererseits denkt er noch einmal an das Gleichnis mit den Indianern.

Hätte es für die Apachen, die Sioux und all die vielen zerstörten Kulturen einen anderen Weg geben können, wenn sie den Fremden nicht mit blinder Verehrung begegnet wären? Zuerst betraten erschöpfte Seeleute den neuen Kontinent, man hätte sie leicht besiegen können.

Wäre je diese böse Übermacht in Amerika entstanden, wenn die Einheimischen die Gefahr sofort erkannt hätten? Wäre die Völkerwanderung aus Europa gänzlich ausgeblieben, hätten die Wilden sie nicht mit Gold und Edelsteinen so fürstlich beschenkt?

„Welche andere Lösung gab es, wenn doch alles in einem großen Programm vorgegeben ist?“, formuliert Bernhard am Ende seiner Gedanken.

„Ich habe nicht gesagt, alles sei vorgegeben. Das in Stonehenge codierte Programm beschreibt eine Konstruktion für vernetzte intergalaktische Energieversorgung und einen Ablaufplan für den Bau.

Wenn ein irdisches Gremium den Bau eines Kraftwerkes beschließt, dann fixiert dieses zunächst einen Rahmen, der exakt beschreibt, wo gebaut wird und welcher Energieträger verwendet wird. Je größer ein Projekt ist, umso offener ist der Plan in den Details. Theoretisch gibt es immer auch Rahmenbedingungen, die jedes Projekt, zu jedem Zeitpunkt, scheitern lassen können. Ich habe die apokalyptischen Formulierungen des Alten über das System genauso wenig Ernst genommen wie seine Beschreibungen über das Renalgejum."

Kasper macht eine Pause. „Die Kugeln sind jetzt von uns montiert worden, das System wächst jedoch unaufhaltsam weiter."

Er sieht Bernhard fragend an.

„Und was hätte ich tun können?" Er sieht auf seine Hände. Sie zittern nicht mehr, aber seine Furcht ist trotzdem stärker geworden und gräbt sich unter seine Haut. Sein Gesicht fühlt sich fiebrig an. „Hätte ich etwas tun können?", wiederholt er noch einmal flüsternd.

„Wir haben beide gegen unsere Intuition gehandelt. Du hattest deine Moral, du bist Pfarrer. Wolfgang Trasom zu töten, ist Unrecht, es war Mord. - Nur weil dir dieser Mörder später seine Macht zeigte, hast du ihm deine Seele verkauft."

Kasper hat ihn das erste Mal mit ‚du' angesprochen, aber was er hätte anders machen können, erwähnt er nicht.

Nach einer kurzen Pause sagt Kasper, als läge die Frage noch in der Luft: „Nichts befreit den Einzelnen von seiner Verantwortung für das Ganze. Egal wie klein und unbedeutend man sich gegen das Große, gegen die Mächtigen fühlt."

Kasper unterbricht seinen Gedanken, weil hinter ihnen die schwere, hohe Tür knarrt. Monika betritt die Kirche.

„Ach, hier bist du", sagt sie, als sie zu ihnen an die Kirchenbank getreten ist. Bernhard erhebt sich und legt den Arm um sie. „Das ist meine Frau Monika", sagt er zu Kasper, während er sie liebevoll zu sich heranzieht.

Dann deutet er auf die hölzerne Bank, auf der Kasper nun ganz alleine sitzend sehr einsam wirkt: „Und das ist Kasper Vladow."

Sie sieht ihrem Mann erschrocken ins Gesicht und Kasper bemerkt sofort, dass sie seinen Gast bereits aus der Zeitung kennt.

„Kasper, wollen Sie mit uns zu Abend essen?", fragt er.

Kasper schüttelt den Kopf.

Bernhard sucht die innige Verbundenheit, die er bei der Gruppe in der kleinen Kate gefunden hatte. Er würde Kasper gerne als Freund gewinnen und das jetzt irgendwie zum Ausdruck bringen. Er spürt, dass er die Einladung unter allen Umständen ablehnen würde.

Daher sagt Bernhard nur höflich: „Schön, dass Sie hier waren", und ohne sich noch einmal umzusehen, verlässt er mit Monika die Kirche.

Wenig später sitzt Bernhard mit seiner Frau im gemütlichen Pfarrhaus. Sie essen Käsebrot mit Weintrauben und haben dazu eine Flasche Chianti geöffnet. Auf dem Tisch brennt eine weihnachtliche Kerze. Bernhard prostet Monika mit seinem Glas zu.

Kasper hat ausgesprochen, was ihm selbst immer deutlicher wurde, dass er nach dem Mord gegen sein Inneres gehandelt hat.

Bernhard fühlt sich, als hätte Kasper eben durch ihn hindurchgesehen, als sei seine Seele nur ein transparenter Hauch.

„Die E.ON wird das Kohlekraftwerk in Bützfleth wohl bauen", sagt Monika in plauderndem Ton, als wolle sie jetzt unbedingt ein Gespräch beginnen.

Bernhard sieht sie kurz an und wendet sich ohne Antwort wieder ab. Er beobachtet die Kerze in der Tischmitte und konzentriert sich auf die sanft flackernde Flamme.

Als würden seine Gedanken aus dem weihnachtlichen Kerzenschein souffliert, wiederholt Bernhard Kaspers letzten Satz aus der Kirche: „Nichts befreit den Einzelnen von seiner Verantwortung für das Große."

„Was meinst du?", fragt Monika etwas irritiert und fügt hinzu: „Wir sind doch nicht für das Kraftwerk verantwortlich, ich bin vehement gegen den Bau." Sie beugt sich über den Tisch und sucht seinen Blick. Bernhard weint.

Erschrocken legt sie ihre Hand auf die seine und sieht aus dem Fenster, ob zufällig Spaziergänger in ihr Haus hineinsehen.

Als Bernhard seine Frau spürt, versucht er sie anzulächeln, aber Angst lähmt ihn. Sie steht von ihrem Stuhl auf, kniet sich neben ihn und nimmt wieder seine Hand:

„Was ist mit dir, Bernhard?"

Er schweigt und beobachtet teilnahmslos das Licht in der Tischmitte.

Mit der freien Hand zieht er seinen Rotwein langsam zu sich heran, aber er trinkt nicht. Es scheint, als suche er Halt an dem langen Stiel des Glases.

Dann flüstert er, eher zur Kerze als an seine Frau gerichtet: „Weder Gedankenlosigkeit noch blinde Unterwerfung machen uns unschuldig. Wenn ein Werk nicht aus kraftvollen, menschlichen Gedanken errichtet ist, dann agiert ein totes System."

„Was für ein System? Ich verstehe nicht, wovon du sprichst."

Bernhard wundert sich über seinen eigenen Satz. Er war eher so dahin gesagt, aber er zitierte die Warnung des Grauhaarigen über das System, vor dem auch

Kasper eben in der Kirche erneut warnte. Was meinte Kasper, wenn er ‚das System' zitierte? Bernhard spürt leichte Gänsehaut über seinen Körper frösteln.
Der Pastor ist nur ein einfacher Mensch. Seine Furcht gleicht fließenden Rinnsalen, die nun durch seinen befreiten Geist ziehen und weit über seinen Körper und seinen Verstand hinaus in die Zeit strömen.

Die flackernde Kerze in der Tischmitte ist ihm ein Licht, durch das hindurch alle Gedanken der Welt in ihn hineinstrahlen.

Aber begreifen kann er davon nichts.

Der Mensch, der vor fünfzehntausend Jahren als Erster eine Getreidesaat denkend in die Erde legte, hatte die gleiche lähmende Angst.

Dieser Vorfahr lehnte sich gegen eine Struktur auf, die seit Menschengedenken funktionierte, sich jedoch toten Gegenständen verschrieben hatte. Knochen, der Bearbeitung von Steinen. Menschen sammelten vertrocknete, abgestorbene Zweige für ihr Feuer. Alles Interesse galt den gestorbenen Dingen.

Lebendige, reife Früchte vom Baum schmecken gut, aber wenn sie gepflückt werden oder auf dem Boden liegen, dann verdirbt auch das Obst. Es galt demnach, diesem Tod zuvorzukommen und das Essen vorher zu sammeln.

In das Wunder der Entstehung dieser Leckerei, die am Baum wächst, hat sich noch nie ein Mensch eingemischt. Daran wurden keine Menschengedanken verschwendet.

Ein Korn als Kraftzentrum zu begreifen, das in Kooperation mit der Erde für die Menschen wächst, stand im Widerspruch zu einer als Bedrohung erlebten Natur. Der Urmensch wehrte sich gegen Raubtiere, gegen Kälte und gegen Hunger. Die Natur war nicht sein Freund.

Bernhard sieht in die Flamme und träumt von der jungen Frau, die im Sommer den Garten so liebevoll pflegte und der Erde als einzige freundschaftlich und liebevoll begegnete.

Seine Gedanken fliegen zu der Kate, gleiten in den sauber, gereinigten Boden und durchdringen die Zeit. Es geschieht so gezielt, wie elektrischer Strom in den Lötpunkt einer technischen Schaltung fließt.

Bernhards Gefühle treffen dort auf das Empfinden seines eigenen urzeitlichen Wesens und so sitzt er jetzt vor fünfzehntausend Jahren hungrig am Feuer und hält ein paar Körner in der verschlossenen Hand.

Er hockt mit seiner Sippe zusammen und sieht angsterfüllt in das Feuer, das zum Schutz gegen wilde Tiere immer brennen muss. Bernhard begegnet ihm wahrhaftig, durch den Schein der weihnachtlichen Flamme.

Freundschaft bedeutet, sich mit einem Menschen eins zu fühlen. Bernhard ist nicht sicher, ob er selbst dort am Feuer sitzt oder ob er einem Freund begegnet.

Er friert.

Plötzlich erkennt er Kasper neben sich am Feuer sitzen. Dieser legt ihm ein Fell über seine Schultern. Überhaupt sind alle sehr aufmerksam miteinander. Eine Frau hält seine Hand. Im Wohnzimmer in Oosten ist es vermutlich nicht mehr als ein träumender Blick in eine Kerzenflamme, aber Bernhards Geist legt seine Zeit vollständig ab und taucht in sein urzeitliches Leben ein.

Er legt sich auf seinem Fell zur Nachtruhe nieder und spürt dabei immer noch die Körner in seiner Hand, die er fest in seiner Faust verschlossen hält.

Am nächsten Morgen begleitet ihn Kasper auf einer Wanderung.

In sicherer Entfernung von der Feuerstelle kratzt Bernhard die Erde mit einem scharfen Knochen weich und legt seine am Abend aufgesparte Saat liebevoll hinein.

Kasper sieht ihm verwundert dabei zu. Er überlegt, ob er sich den leckeren Snack wieder ausgraben sollte, weil Bernhard ihn ja scheinbar nicht essen mag.

Er wird sich lieber frisches Getreide direkt vom Halm suchen, statt der sandigen Körner, die er hier finden würde.

Bernhard hat sein Getreide nie geerntet.

Noch vor dem nächsten Sommer blieb sein starkes Herz in der Nacht plötzlich stehen. Das liebevolle Wesen starb ohne erkennbaren Grund für seine Sippe.

Bernhard fühlt, in welcher Verzweiflung und mit welchen Todesqualen sein damaliges Leben zu Ende ging. All dies erreicht ihn durch die weihnachtliche Flamme.

Es gab damals kein Verbot, Saatkörner in der Erde zu vergraben, aber Bernhard fühlte, dass er sich schon in der Urzeit gegen ein mächtiges System auflehnte.

Es gab damals zu seinem Tun noch keine Bilder in seinem Kopf. Die Vision einer Welt mit goldenen Weizenfeldern, die Nahrung im Überfluss für die ganze Familie spenden, konnte noch nicht gesehen oder gedacht werden.

Als das große Gefühl zu dieser Utopie in seinem Wesen lebendig wurde, zerbrach es ihm das Herz.

Es ist, als käme es nun aus einer anderen Zeit noch einmal zurück.

„Was für ein totes System?", fragt Monika vorsichtig nach.

Bernhards Gedanken rasen, gestört durch ihre Frage, noch einmal kurz zwischen den Zeiten hin und her, doch seinem Verstand gelingt es nicht zuzugreifen. Die lähmende Angst, die ihm vor langer Zeit den Tod brachte, hat jetzt wieder Besitz von ihm ergriffen.

Kasper sitzt bestimmt noch in der Kirche. Sie haben im Sommer gemeinsam das Renalgejum zur Erde gleiten lassen. Kasper hat es in die Oste gelegt und er hat dabei zugesehen. Bernhard vergleicht die Situation mit damals, als er die Samen in die Erde legte, und es war Kasper, der die Körner in seiner Hand nicht verstand.

Keiner der Sippe hat ihm damals Unrecht getan, dennoch sind sie gemeinsam der Grund für seinen Tod.

Was macht Kasper in der Kirche?

Warum ist er heute nach Oosten gekommen, suchte er Hilfe oder kam er, um ihm zu helfen?

Fühlt Kasper jetzt dieselbe schwere Last wie Bernhard, damals nach der Aussaat seiner Körner?

Die Naturkraft der Weizenkörner war den Menschen schon immer sichtbar. Bernhard hat sie vor fünfzehntausend Jahren nicht neu erfunden. Neu war das Gefühl.

Liebe.

Was wächst nun aus dem Renalgejum? Es ist ein hochentwickeltes technisches Teil. Wolfgang wollte damit Energie gewinnen. Trotzdem wuchs es im Boden wie ein Getreidekorn.

Monika drückt seine Hand.

Er denkt an das Kraftwerk, über das sie mit ihm sprechen möchte, aber seine Gedanken fühlen noch so viel mehr.

„Ich sehe noch einmal in der Kirche nach dem Rechten.“, sagt Bernhard und steht auf.

In der Kirche sitzt Kasper immer noch auf seinem Platz und sagt: „Ich wusste, dass du noch einmal kommen würdest.“

„Weißt du, dass hier in Oosten einmal Getreide ausgesät wurde, um es später einmal zu ernten?“

„Ja.“

„Steht es im Zusammenhang mit dem Renalgejum?“

Kasper zuckt nur die Schultern. „Sag du es mir.“

Bernhard setzt sich neben Kasper und sagt: „Ich hatte ein sonderbares Erlebnis. Wir beide haben gemeinsam in der Urzeit Körner in die Erde gelegt, damit aus ihnen Halme wachsen.

Ich war wirklich in einer anderen Zeit. Viel realistischer als in einem gewöhnlichen Traum.“

Er wartet, ob Kasper etwas dazu sagt. Nach einer Weile atmet er tief durch und antwortet: „Das System ist ein technisches Konstrukt. Die Menschen haben es erschaffen. Nun wächst es und die Menschheit verliert seine Gedanken.“

„Das verstehe ich nicht. Was ist das System?" Bernhard hoffte insgeheim auf eine einfache Erklärung für die sonderbaren Ereignisse.

„Ich kann nur das wiedergeben, was uns der Grauhaarige erzählt hat." Kasper setzt sich leicht schräg auf der Kirchenbank hin. „Der Menschheit gegenüber steht ein System. Es ist aus der Menschheit heraus entstanden, so wie jeder einzelne Mensch aus dem Leib einer Mutter geboren wurde und dann ein autonomes Leben führt. Genauso nabelt sich auch das System irgendwann von seinem Schöpfer ab."

Bernhard nimmt eine bequemere Sitzposition ein und überlegt. Dann fragt er: „Wie soll ich mir das System vorstellen? Ist es ein moderner Computer, der denken lernt? So wie ein Schachcomputer, der immer leistungsfähiger wurde und heute sogar Schachweltmeister schlägt?"

Kasper lächelt: „In deiner Frage steckt ein Gedankenfehler. Der Grauhaarige warnte bereits vor dem System, als die Rechner noch Bildschirme mit grüner Schrift hatten. Kein Mensch konnte sich vorstellen, dass man so ein Gerät einmal privat bei sich zu Hause hätte.

Damals argumentierte Isaac bei einer Diskussion über das System, dass Computer dem Menschen nie gefährlich werden könnten. - Man würde ihnen einfach den Stecker herausziehen."

„Da hat er doch Recht", sagt Bernhard spontan.

Kasper lacht von Herzen auf. „Dann versuche doch einmal das Internet zu löschen ...“

Die Männer sitzen eine Weile still nebeneinander, dann fährt Kasper fort: „Die einzelnen Rechner, die Smartphones und intelligenten Tablets sind die Zellen eines großen, denkenden Organismus’, so wie auch der Mensch aus einzelnen Körperzellen besteht.

Isaac verglich die Entwicklung des PC mit den Fähigkeiten der Menschen. Er fühlte seine Überlegenheit gegenüber der Maschine. – Aber das ist ein Gedankenfehler, weil er die Mächtigkeit seiner Körperzelle dem Rechner gegenüber stellen muss.“

Bernhard empfindet noch einmal seine Nacht mit den Samenkörnern in der Hand. Sie waren die Urzellen für ein neues System. Seßhafte Menschen, für die die Nahrungssuche zur Denkarbeit wurde. Aus seinem Knochen zum Schaben wurde ein Spaten, aus dem Spaten wurde ein Pflug, der Ochse wurde durch einen Traktor ersetzt.

Aus der ursprünglichen Idee, die Weizenhalme geordnet auf dem Feld wachsen zu lassen, sprießen heute Häuser und ganze Städte aus dem Boden. Fabrikhallen, in denen die Traktoren gebaut werden.

„Die Zelle wächst“, sagt Bernhard. „Das Telefon nicht.“

Kasper spricht nachdenklich in die Stille der Kirche: „Die Mächtigkeit des Systems kann erahnt werden, wenn man begreift, dass nicht der einzelne Rechner die Intelligenz verkörpert. Die PCs und kleinen Mobilteile im Zusammenwirken sind das System.

Es wächst.

So wie ein Baby in der Wiege enorme Denk- und Lernleistungen vollbringt, wächst das System heran. Sein Körper wird gefüttert, weil täglich Unmengen an neuem Speicherplatz und System-Ressourcen hinzugefügt werden.

Die Datenmenge, die stündlich bei YouTube hochgeladen wird, übersteigt das Vorstellungsvermögen jedes Menschen."

Bernhards Sitzhaltung wird schlaff. Kaspers Worte berühren fünfzehntausend Jahre Menschheit, die er vorhin als einen Gedanken erlebt hat.

Die Weizenkörner nehmen im Denken der Menschheit heute eine untergeordnete Bedeutung ein. Für den Menschen fühlt es sich so an, als würde er sein System beherrschen.

Doch Kasper hat Recht. Ein neues technisches Gebilde wächst heran und wird von den Menschen gesäugt. Vergleichbar der Muttermilch, ernährt sich das neue System von Datenströmen.

Dumme WhatsApp-Informationen sind die Trägersubstanz, genauso lebensnotwendig wie Wasser für einen Säugling, das ihn aber alleine nicht satt machen würde.

„Was hat der Grauhaarige noch zu dem System gesagt?“, möchte Bernhard wissen.

„Von einem neugeborenen Baby ging noch nie eine Gefahr aus. Diktatoren, Mörder und Psychopathen waren erst im Alter bedrohlich.

Genauso verhält es sich mit dem System. Damals sprach der Alte von der Geburtsstunde dieser Kreatur.

Ich vermute“, sagt Kasper nachdenklich, „das System hat heute schon die Intelligenz eines drei- bis fünfjährigen Kindes. Wir können mit ihm reden und es erinnert uns daran, den Müll rauszubringen.“

„Meinst du?“, fragt Bernhard.

„Bei aufmerksamer Durchsicht deines Spam-Ordners wirst du sehen, dass sich das System selbst Gedanken darüber macht, was du dir zum Geburtstag wünschst. Nicht Menschen haben für dich etwas ausgesucht, sondern das System.“

Er sieht sein Gegenüber fragend an. Dann fügt er hinzu: „Ich glaube, das System kennt deine Wünsche besser, als würde man deine Großmutter danach fragen.“

Bernhards Großmutter lebt schon lange nicht mehr, aber er versteht, was Kasper sagen will. Er fragt: „Hat der Grauhaarige euch auch gesagt, wie man das System bekämpfen kann?“

Kasper sieht ihn süffisant an, als denke er, dass es beim Pastor zwischen Unterwerfung und Bekämpfen keine Abstufung gibt. „Ihn interessierte hauptsächlich der Energiestrahl. Bis zur Zündung durften die Erdengedanken nicht aufhören. Ob die Menschheit denkt oder ob es die Maschinen tun, war ihm vermutlich egal."

Dann fügt Kasper hinzu: „Ich möchte niemals meine Organe spenden. Der Grauhaarige beschrieb ein Szenario, in der das System den Tod überlistet und sich aus den Menschen, wie aus einem Lego-Kasten, seine Kunden zusammenbaut."

Wenig später liegt der Pastor im kuscheligen Bett und erinnert sich noch einmal an das Leben, das er in der Urzeit führte. Von seinem Fell aus sieht er, in der zugigen Höhle liegend, im Traum die Zukunft.

Es fahren schnelle Autos. Kleine schwache Menschen ziehen sich PS-starke Fortbewegungsmittel wie tonnenschwere Mäntel über. In riesigen Flugzeugen wohnen hunderte Menschen über Stunden im Himmel. Sie essen, schlafen und feiern dort oben und haben ihren natürlichen Platz um das Lagerfeuer, in einer weiteren Dimension, verlassen.

Er freut sich über den Erfolg der Menschheit. Intelligenz und Klugheit haben eine neue, eine bessere Welt erschaffen.

Träumt er? Plötzlich sieht Bernhard das System konkret vor sich. Schwarze, glänzende Smartphones ersetzen bei den Menschen das eigenständige Denken.

Ein Gedanke wird als unangenehm empfunden und wie zur Reinigung des Geistes umgehend zu Google gesendet oder bei Facebook gepostet. Menschen sprechen, während sie etwas tun, diese Tätigkeit als Sprachnachricht in ihre Geräte.

Das technische System ist für den Menschen plötzlich genauso natürlich wie die göttliche Natur.

Arbeit ist nur noch ein Opfer an Zeit. Arbeitgeber müssen die erbrachte Zeit neuerdings lückenlos dokumentieren.

Welches Resultat diese Zeit erbracht hat, interessiert kaum jemanden. Autos, Flugzeuge und Mobiltelefone gelangen für die meisten Menschen ohne persönliches Zutun in ihr Leben. Kaum jemand hat eines dieser technischen Gegenstände verstanden.

Niemand möchte wissen, wie die Intelligenz in das Telefon gelangte. Der Kauf im Shop ist den Menschen wie die Ernte einer Frucht und hat nichts mehr mit der Erschaffung aus klugen, kreativen Gedanken zu tun.

Von Menschen erschaffene Dinge kommen so selbstverständlich in die Regale der Geschäfte wie Weizenkörner an den Halm, der sich im Winde wiegt. Gleich den Körnern in der Hand am Lagerfeuer sieht Bernhard im Konsum die Ernte der modernen Jagd.

Die Welt ist dabei überzogen mit einem unsichtbaren Schleier aus Informationen und gespeicherten Gedanken.

Das Getreidekorn wurde nicht in die Erde gelegt, weil die Werkzeuge oder die Waffen der Zeit unvollkommen oder sinnlos waren. Die technische Evolution war damals nicht am Ende angekommen. Sie funktioniert bis heute. Sie ist weiterhin gut und gehört zum Menschen, weil er ein kluges Gehirn besitzt.

Der menschliche Fortschritt hatte nichts mit der Aussaat der Körner zu tun. Es gab einen göttlichen Impuls für die Tat, deren Zeuge Bernhard über die Grenze der Zeit sein durfte.

Dieses Urwesen wurde vor fünfzehntausend Jahren zum Menschen, weil es seine Liebe zur Natur gefühlt hat. Die Religion, das Liebesspiel mit der Welt, war in dieser Nacht geboren.

Bernhard fühlt in dieser Weihnachtsnacht noch einmal den Tod und den leblosen Körper, der, so wie es damals üblich war, ins Moor geworfen wurde.

Er konnte die Liebe der ganzen Welt nicht alleine tragen. Seine Seele war verdammt, in der Ödnis zu wurzeln. Aber aus ihr webt seither ein neuer Geist durch die Erde. Ein Netz aus guten Gedanken. Tiere, Früchte, Körner, Licht und Wasser sind Freunde des Menschen geworden.

Kristallen, Gold, Knochen und Zweigen begegnet der Mensch mit liebevoller Ehrfurcht.

Im Schlaf fühlt Bernhard Monikas Hand. Sie flüstert: „Ich liebe dich.“

Zehn

Am nächsten Morgen sitzen beide beim Frühstück, als
es an der Haustür klingelt.

„Wer kann denn das sein?“, wundert sich Monika. Sie
geht zum Flur. Dann hört Bernhard Stimmen und
schließlich ruft sie: „Kommst du mal bitte?“

Im Flur stehen, warm angezogen, Kommissar Buck
und ein Kollege.

„Guten Morgen, Herr Pastor“, sagt Buck freundlich.

„Der Mann aus der Zeitung wurde hier gesehen. Die
Polizisten möchten gerne wissen, ähh, ob wir wissen,
ähh, ich meine, ob du weißt, wo er ist“, stottert Monika.

„Sie wissen doch, dass Sie einen unschuldigen Menschen jagen. Warum tun Sie das?“ Bernhard sieht den
Kommissar bei diesen Worten vorwurfsvoll an.

Der Polizist stellt sich erbost vor Bernhard und
schimpft: „Was fällt Ihnen ein, wissen Sie nicht, wen
Sie vor sich haben?“, aber Buck schiebt seinen Kollegen noch im Reden auf seinen Platz zurück und fordert Bernhard auf, ohne auf dessen Frage einzugehen:
„Liefern Sie uns bitte den Mörder.“

„Wir haben niemanden gesehen.“ Bernhard dreht sich
um und geht zurück an den Frühstückstisch.
Buck und sein Kollege liefern sich einen kurzen
Wortwechsel, ob sie auf einer Befragung bestehen

sollen und ob das Benehmen des Pastors hinnehmbar sei. Monika zuckt mehrfach verlegen mit den Schultern und irgendwann verlassen die Polizisten ohne weitere Fragen wieder das Haus.

Monika schließt hinter ihnen die Tür.

Elf

Mehrere hundert Menschen haben am Wochenende gegen den geplanten Bau eines Kohlekraftwerks an der Elbe protestiert. Nach Polizeiangaben gab es keine Zwischenfälle. Die rund 650 Teilnehmer zogen friedlich durch die Stader Innenstadt. Zu der Demo aufgerufen hatte ein Bündnis von Umweltschutzorganisationen und politischen Aktivisten, zu denen auch Monika gehört. Sie ist im Vorstand und hat den Zug maßgeblich mit organisiert.

„Warum warst du nicht mit in Stade?", fragt sie ihren Mann sichtlich enttäuscht, als sie wieder nach Hause kommt.

Bernhard sucht die richtigen Worte, um sein Empfinden zu beschreiben: „Es geht nicht um das Kraftwerk. Es geht um die Schöpfung."

Sie lacht höhnisch auf: „Genau! Es geht um die Schöpfung. Was tun wir denn mit der Schöpfung, wenn wir noch ein Kraftwerk bauen?"

„Darum geht es nicht."

„Und, worum geht es dann?"

Sie hat ihre Jacke wütend über den Garderobenhaken geworfen und folgt ihrem Mann ins Wohnzimmer.

Auf dem Tisch liegt eine aufgeschlagene Zeitung mit ihrem Bild im Lokalteil. Vor einer Woche wurde sie als eine der Organisatorinnen in der Presse vorgestellt.

Sein Blick beim Zusammenlegen des Blattes zeigt ihr, dass er sehr stolz auf sie ist.

Während er sich in den Sessel setzt, sagt er: „Es gibt eine göttliche Schöpfung, sie schenkt uns zum Beispiel den Apfel am Baum. Der Apfel ist ein Geschenk der Natur. Er entzieht sich dem Geld. Er ist uns wertvoll, aber kein Gott und kein Engel kann dafür in Euro belohnt werden.

Den Apfel zu pflücken, die Bäume im Herbst zu schneiden und das Mähen des Grases um den Baum herum, sind dagegen Menschenwerk. Es ist Arbeit, die notwendig ist, um das Geschenk der Schöpfung entgegennehmen zu können."

„Du bist ein Laberkopf", regt sich Monika auf. „Was hat das bitte mit dem Kraftwerk zu tun? – Möchtest du, dass es gebaut wird?"

„Lass mich doch einmal den Gedanken zu Ende formulieren. Damit auch Menschen Äpfel essen können, die keinen Apfelbaum besitzen, wird diese Menschenarbeit gegen andere Arbeit getauscht. Das Geld ist ein gutes Hilfsmittel, diesen gegenseitigen Aufwand gerecht zu bewerten.
Die Menschen erfinden praktische Dinge, um mit möglichst wenig Aufwand viele Äpfel essen zu können. Traktoren, Lagerhäuser, du weißt, was ich meine."

„Eigentlich nicht", sagt Monika. „Was hat das mit dem Kraftwerk zu tun?"

„Die Werte werden nicht korrekt empfunden. Arbeit und Gottes Schöpfung werden beliebig vermischt. Im Supermarkt wird der Apfel und nicht die Arbeit der Mitmenschen gekauft. Das eigentlich unverkäufliche Geschenk der Schöpfung wird anscheinend aus dem Regal geerntet.“

„Es kann sein, dass du Recht hast. Den Zusammenhang mit dem Kraftwerk verstehe ich aber immer noch nicht.“

Es entsteht eine Pause. Bernhard fühlt sein Empfinden aus der Nacht mit Kasper am Lagerfeuer. Das Feuer musste Tag und Nacht brennen, genau wie das Feuer im Kraftwerkskessel.

„Die Bürger folgen gedankenlos jeder Aufforderung, sinnlos immer mehr zu konsumieren. Es ist ihnen offensichtlich nicht vergönnt, über den Sinn von beleuchteten Salzstreuern oder beheizter Unterwäsche im Schrank zu befinden.“

Monika antwortet: „Auch der Stromverbrauch steigt. Dann müsstest du den Bau doch verhindern wollen.“

Bernhard huscht noch einmal durch die weihnachtliche Flamme und fühlt bei seinen Vorfahren das wärmende Lagerfeuer. Ein Feuer, das damals einem Kraftwerk an sozialer und technischer Bedeutung in nichts nachstand. Das Feuer durfte nicht erlöschen, es wurde ständig überwacht.

Er antwortet Monika: „Deshalb habe ich den Vergleich mit dem Apfel gebracht. Ich sehe das Problem nicht in der Menge der Äpfel, die wir konsumieren. Sie sind ein Geschenk der Natur, genau wie das Feuer. Das Feuer wird gehütet, der Apfelbaum gepflegt. Aber auch das Feuer unterliegt einem neuen Denken. Die Menschen begegnen dem Kraftwerk mit Demut und Ehrfurcht. Im Kraftwerk lodert ein gigantisches Feuer. Es werden Unmengen an brennbaren Dingen zu diesem Feuerplatz gebracht, die, wie einst die Zweige aus dem Wald, göttlichen Ursprungs sind.

Die Menschheit hat die Schöpfung nicht vergessen, die Situation ist schlimmer!"

„Bla, bla bla.- Du redest ein derart wirres Zeug, du solltest dir echt mal zuhören. Lkw-Verkehr, Feinstaub, Klimaerwärmung. Meinst du, wir reden von derselben Schöpfung?"

Sie steht auf und möchte gehen, aber Bernhard hält sie zart am Arm: „Die Menschheit behandelt die eigene Technik mit derselben Ehrfurcht und Demut wie die Schöpfung, die wir schützen müssen. Man fühlt zwischen menschlichem Werk und der Natur keine Grenze mehr. Ein Smartphone wird als Geschenk empfunden, wie der Apfel vom Baum."

Sie wischt seine Hand von ihrem Arm und schimpft beim Rausgehen: „Und nun das Smartphone. Das sagt jemand, der nicht mal WhatsApp hat. – Du kannst ja gegen soziale Netze streiten und ich versuche den Bau des Kraftwerkes zu verhindern."

Bernhard sieht ihr hinterher und flüstert, so dass sie ihn nicht mehr hören kann: „Du bügelst mir jeden Tag ein frisch gewaschenes Hemd, aber bist gegen den Betrieb eines Kraftwerks."

„Willst du dein Hemd etwa wie im Mittelalter nur einmal im Monat am Fluss waschen? Das finde ich widerlich", sagt sie um die Ecke des Türrahmens blickend, sie hat ihn also doch noch gehört.

Bernhard muss lachen.

Kasper trug am Feuer Kleidung aus Hirschleder und er lacht bei der Vorstellung, sie würden einmal im Monat gewaschen.

„Ich finde verstrahltes japanisches Gemüse auch nicht lecker. Ich will niemanden zu etwas bekehren, sondern auf unsere Verantwortung hinweisen", diesmal redet er so laut, dass Monika es im Nebenraum hören soll.

„Verantwortung!" Monika kommt wütend zurück ins Zimmer. „Ich bin heute mit tausend Menschen auf die Straße gegangen, weil ich mich für unsere Erde verantwortlich fühle. - Aber die E.ON baut ein Kraftwerk."

„Der Strom, der in dieser Sekunde verbraucht wird, muss in diesem Moment erzeugt werden. Mehr tut ein Kraftwerk nicht. Es gibt keinen anderen Markt, der so unmittelbar auf die Nachfrage reagiert, wie ein 50 Hz Stromnetz."

„Und, was bedeutet das?"

„Die Bürger entscheiden, ob sie mit dem Auto oder mit dem Fahrrad zum Fitness-Studio fahren, nicht E.ON.

Ich bin nicht gegen Rolltreppen. Aber junge Menschen mit gesunden Gliedern sollten sie meiden. Zumindest wenn sie noch spüren, dass die Kraft in ihren Beinen ein Geschenk der Natur an sie ist.

Für alte Menschen sollte es Rolltreppen geben. Wer die Rolltreppe besteigt, entscheidet nicht E.ON."

Monika wird ruhiger: „Aber bist nun für oder gegen das neue Kraftwerk?"

Bernhard dachte, dass er die Frage eben gerade beantwortet hätte. Aber er hat es anscheinend nicht getan.

Zwölf

In den nächsten Wochen beginnt Monika immer fanatischer, bei der Bürgerinitiative gegen den Bau des Kraftwerkes mitzuarbeiten. Sie organisiert Gesprächskreise und weitere Demonstrationen. Gleichzeitig werden die politischen Pläne und Beschlüsse zur Umsetzung immer konkreter.

Im Sommer bringt Bernhard einen Stecker mit nach Hause. Er war bei Isaac und Albert, die wieder in der kleinen Kate wohnen.

Monika ist bei einer Sitzblockade, denn heute soll der Bauzaun für die Großbaustelle aufgebaut werden. Die ersten Container der Bauleitung stehen schon in einer akkuraten Reihe und eine Straße aus grobem Bauschutt ist bereits angelegt. An die hundert Aktivisten sitzen auf der Straße und verhindern die Einfahrt der Lastwagen. Um die Mannschaftswagen der Polizei, die die Straße säumen, formieren sich eher zaghaft die Einsatzkräfte.

Isaac hilft Bernhard unterdessen im Keller des Pfarrhauses, die Kabel unmittelbar hinter der Hauptsicherung abzunehmen.

„Hast du etwas von Kasper gehört? Er könnte das hier viel besser tun als wir", fragt Bernhard, und Isaac antwortet, dass er ihn das ganze Jahr über nicht gesehen habe.

Beim Licht der Taschenlampen verbinden sie einen neuen Sicherungskasten mit der Kupplung, die aus dem Karton des Grauhaarigen stammt.

Bernhard läuft, als das Licht im Keller wieder normal leuchtet, ungläubig durchs ganze Haus und macht in jedem Zimmer das Licht einmal an. Dann kommt er in den Keller zurück und sieht auf den alten Stromzähler.

„Toll, er steht", sagt Bernhard zu Isaac.

„Wir haben das Kabel hinter dem Zähler abgenommen, wie sollte da noch etwas fließen. – Das verstehe ja sogar ich." Isaac lächelt und schüttelt etwas hochnäsig den Kopf.

Die Zufahrt zur Baustelle ist auch wieder befahrbar. Nachdem die Wasserwerfer eintrafen, wurden die Menschen aus dem Weg gespült. Einige beugten sich dem Druck der Staatsmacht, andere wurden von der Polizei abgeführt. Auch Monika wurde über mehrere Stunden von der Polizei festgehalten.

Ohne sich nach dem Verlauf der Demo zu erkundigen, zeigt ihr Bernhard stolz die neue Stromversorgung im Haus. Nach und nach begreift sie, was in ihrem Keller tatsächlich eingebaut wurde, und sie drängt Bernhard, er möge ihr die Männern vorstellen, die im Besitz dieser wundersamen Energiequellen sind.

Als sie Isaac und Albert in der Kate treffen, bekommt Monika bereitwillig zwei Stecker übergeben, die beide zusammen 200 MW mehr Leistung liefern können als das geplante Kraftwerk. Über die Herkunft der Geräte erfährt Monika jedoch nichts.

Mit fast überschäumendem Enthusiasmus nimmt sie eine Kupplung zum nächsten Treffen der Bürgerinitiative mit. Sie wartet am Rednerpult, bis das allgemeine Gemurmel leiser wird.

Bernhard hat seine Frau dieses Mal begleitet. Er steht am Rand in der großen Halle, die etwa zur Hälfte gefüllt ist. Von den Menschen in den Stuhlreihen bedient mindestens die Hälfte ein Mobiltelefon.

Dann beginnt seine Frau: „Liebe Freunde, ein Wunder ist geschehen." Sie zeigt den unscheinbaren Stecker in die Höhe. „Ich halte hier die Lösung in den Händen, die auch unseren Gegnern gefallen wird. Wir können den benötigten Strom liefern, ohne dass hier ein Kraftwerk gebaut wird."

Monika macht eine Pause und wartet auf die Reaktion ihrer Mitstreiter.

Eine Frau in einem lila Gewand, das mit etwas ollen Seidentüchern und einer klobigen Holzkette umhangen ist, brüllt: „Wir wollen aber keinen Strom in dieser Region!"

Einige halten ihr Telefon hoch und machen ein Foto von dem Stecker.

„Wo soll der Strom denn herkommen?", fragt ein Herr im feinen Anzug.

„Ich habe ein fertiges Kraftwerk geschenkt bekommen", ruft Monika über das immer lauter werdende Raunen im Saal.

Aber sie nimmt nur noch Fragmente in dem entstehenden Durcheinander wahr. „Ist etwas mit ihr?" „Haben die anderen sie etwa bestochen?" „Warum ist sie nun für ein Kraftwerk?"

Bernhard beobachtet die Finger auf den Handys der Leute. Sie wischen, tippen und ziehen fast automatisch, obwohl sie irgendwie auch am Geschehen beteiligt sind. Bernhard denkt an das Gespräch mit Kasper über das System, welches sich von diesen Daten ernährt und auch in diesem Moment mächtiger wird.

Monika versucht sich noch einmal Gehör zu verschaffen, aber einige Mitstreiterinnen bringen sie mit Gewalt vom Rednerpult zu ihrem Platz auf dem Podium.

„Verräterin!", hört sie aus der Menge rufen, bevor sie einen angebissenen Apfel gegen den Arm geworfen bekommt.

Nach der Veranstaltung, dessen restlicher Verlauf wie im Nebel an ihr vorüberzog, sitzen die Leiter der Initiative noch zusammen.

„Sag mal, Monika, was machst du denn für Alleingänge, ohne vorher mit uns zu reden?"

„Entschuldigt bitte, aber ich war so überwältigt von der Möglichkeit, Energie zu haben, ohne all die Nachteile, gegen die wir uns so energisch wehren."

„Ich glaube nicht, dass es keine Nachteile gibt", bekommt sie zur Antwort.

„Aber sieh doch." Monika holt die Kupplung aus ihrer Tasche hervor. „Dieses Teil liefert bis zu 500 MW Strom und ich habe zwei Stück davon. Die E.ON will hier 800 MW Strom produzieren."

„Das ist ein Stecker aus dem Baumarkt. – Hast du heute Morgen einen Clown gefrühstückt?"

„Hört zu, Freunde. Dies ist eine Stromquelle, wie sie in Zukunft überall auftauchen wird. Energie wird bald kein Geld mehr kosten. Sie wird einfach da sein, wie der Sonnenschein und Vogelzwitschern."

„Trotzdem bekommen die Bullen auf die Schnauze", nuschelt ein Aktivist. Sein Blick und ein etwas dämliches Grinsen lassen vermuten, dass er seine täglichen Drogen bereits intus hat. Er hat allerhand Schmuck durch Nase und Ohren gestochen und bisher weiter noch nichts gesagt.

Monika fühlt, dass Ute gerne mehr von ihr hören würde, sie traut sich aber nicht, in der gegenwärtigen negativen Stimmung zu sprechen. Am Ende des Treffens wird Monika der Führungsposten entzogen und man legt ihr nahe, nicht mehr zu den Versammlungen zu kommen.

Bernhard hat vor der Tür gewartet. Noch während er mit seiner Frau zur Bahn geht, sieht Monika im Laufen ihre Nachrichten durch, die während der Veranstaltung auf ihrem Apparat eingegangen sind.

Er wundert sich, wie bereitwillig ‚das System‘ errichtet wird. Obwohl bei der Veranstaltung pausenlos auf ‚die da oben‘ und auf ‚die Mächtigen‘ geschimpft wurde, wird pausenlos eine Macht erschaffen, gegen die in naher Zukunft selbst E.ON und kein einziger Mensch mehr etwas ausrichten kann.

Ein autonom fahrendes Testauto von Google rauscht an ihnen vorbei. Bernhard überlegt, wann uns das System die Ziele unserer Reisen wohl vorgeben wird.

Am nächsten Nachmittag kommt Ute bei Monika zu Besuch. Sie möchte mehr über ihre neuen Ideen erfahren.

Monika schlägt vor, ins Café Central zu gehen, und als sie bei einer Tasse Tee zusammensitzen, schwärmt Ute über diesen Geheimtipp in Oosten. So eine gemütliche Location müsse man hier in der Gegend wirklich lange suchen.

Dann sagt sie: „Ich habe noch einmal über alles nachgedacht. Ich verstehe wirklich nicht, warum du nun doch ein Kraftwerk haben möchtest.“

Mit leuchtenden Augen sagt Monika: „Ich habe eine Energiequelle geschenkt bekommen, die mehr Strom erzeugt, als die E.ON hier produzieren wollte. Dieser Strom erzeugt keinen Feinstaub, es rollen keine Lkws, die uns Tag und Nacht belästigen. Wir machen kein CO2. Der Strom ist einfach da. Er kostet nichts.“

„Du spinnst, so etwas gibt es nicht“, sagt Ute.

„Wir haben so eine Kupplung im Keller. Bernhard hat ein neues Kabel zur Kirche gelegt. Sie ist jetzt Tag und Nacht von innen und von außen beleuchtet, kostenlos! Für den Winter besorgt er gerade elektrische Heizungen. Der Stromverbrauch spielt keine Rolle mehr. Der große Raum ist bald immer schön warm.“

Ute argumentiert, dass die Initiative für Stromsparen steht. Es sei nicht richtig, das Licht ständig brennen zu lassen.

Monika versucht noch eine Weile zu erklären, dass man Energie bisher mit Klimawandel und schädlichen Emissionen bezahlen musste.

Die Frauen erreichen einen Zustand, bei dem es nicht mehr um die Argumente geht. Wenn zwei Fronten errichtet wurden, ist kein wirklicher Austausch mehr möglich.

Dreizehn

Es wird Herbst. Bernhard steht am Fenster und verfolgt die gelben Blätter des großen Walnussbaums, die langsam auf den Boden segeln. Dann sieht er einen Mann die Straße entlangkommen und in seinen Eingang abbiegen.

Er läuft zum Flur und bevor Kasper klingeln muss, hat er ihm schon die Haustür geöffnet: „Das ist ja eine schöne Überraschung, kommen Sie herein.“

„Wollen wir lieber gemeinsam ein paar Schritte laufen, es ist schöne Luft“, bekommt er zur Antwort.

„Auch eine schöne Idee“, entgegnet Bernhard, während er seinen Mantel greift, der direkt neben der Tür hängt.

„Wissen Sie, wo die rote Schachtel ist?“, fragt Kasper, nachdem sie einen Moment gegangen sind.

„Was für eine Schachtel? Ich habe keine Ahnung, wovon Sie reden.“

Sie gehen wortlos weiter.

Schließlich sagt Kasper: „Das Internet ist voll mit Bildern von den Steckern, die Ihre Frau hier in der Gegend implementieren will.“

„Die Stecker!“

Er erinnert sich, dass Isaac und Albert sagten, sie hätten Kasper das ganze Jahr über nicht gesehen. Die beiden machten auch ein großes Geheimnis über die Herkunft der Geräte.

„Sie haben wirklich keine Ahnung, wo die Stromerzeuger herkommen?", fragt Kasper.

Sie erreichen auf dem Deich die kleine Bank über der Kate und nehmen ohne ein Wort oder eine Geste der Abstimmung dort Platz.

Kasper sagt: „Wie einst die Ritter der Tafelrunde den Gral suchten, sind E.ON und viele andere Konzerne ganz wild darauf, die Schachtel zu finden."

„Welche Schachtel?" Bernhard sieht seinen Nebenmann nachdenklich an. „Die Stecker erzeugen unvorstellbar viel Strom, was hat es mit einer Schachtel auf sich?"

„Der Grauhaarige gab Isaac und Albert die Schachtel zum Abschied. Es gibt nur eine Quelle auf der Erde, aus der aber unendlich viele Stecker entnommen werden können."

„Verstehe", sagt Bernhard. „Aber woher wissen Sie das? Sie haben die beiden doch gar nicht mehr getroffen."

„Das System weiß es."

Auf der Straße unter dem Deich schlendern zwei Spaziergänger, die nebenbei auf einem Handy pausenlos Eingaben tätigen.

Kasper sieht Bernhard augenzwinkernd an.

In der Sache kommen sie nicht weiter. Selbst wenn Bernhard wollte, könnte er Kasper nicht verraten, wo die Schachtel jetzt ist.

Und keiner der beiden bemerkt die etwas dunklere Erde im Garten unter ihnen. Genau an dieser Stelle wurde vor nicht langer Zeit etwas vergraben.

Kasper begleitet den Pastor noch bis zu seinem Haus, dann trennen sich ihre Wege.

Monika empfängt ihren Mann freudig mit der Zeitung winkend: „Hier, lies mal, der Bau wird gestoppt.“

„Das Kraftwerk?“

„Genau. Fast alle Großkunden, die neben dem Chemiekonzern beliefert werden sollten, haben einen billigeren Online-Anbieter gefunden. – Das Kraftwerk rechnet sich nicht mehr.“

Bernhard nimmt die Zeitung und liest den ganzen Artikel selbst durch. Der größte Online-Anbieter für Strom im Internet ist KVE. Er geht an seinen Rechner und sucht: KVE.

„Monika, sieh mal“, ruft er. „Kasper-Vladow-Energie.
Das ist Kasper, den ich im Sommer kennengelernt
habe. Ich war eben gerade mit ihm spazieren.“

Bernhard sagt: „Woher hat er die Stecker? ‚Das System weiß es‘, hat er eben auf dem Deich gesagt.“

Monika versteht nicht, wovon er redet und geht in die
Küche. Sie hat das Abendessen fertig und kurz darauf
sitzen beide gemütlich am Tisch.

Der Herbst geht zu Ende und bald auch das Jahr.

Vierzehn

Im folgenden Frühjahr sieht Monika in der Zeitung, dass es einen Unfall mit einem autonom fahrenden Auto gegeben hat. Es passierte gar nicht weit von Oosten, auf der B 495.

„Sind das nicht deine Freunde, die mir die Stecker gegeben haben?" Sie hält ihrem Mann die Zeitung mit den Namen Isaac N. und Albert B. rüber, beide sind bei dem Unfall ums Leben gekommen.

Bernhard weint vor Schreck. Er kann den Artikel gar nicht lesen, weil seine Hände zittern und die Tränen die Schrift verschwimmen lassen.

Während Monika ihn in den Arm nimmt, denkt er an das Gespräch mit Kasper auf dem Deich und an die Schachtel für die Stecker.

Haben Isaac oder Albert das Geheimnis verraten? Hat der Unfall etwas damit zu tun?

Nachdem er seine Tränen getrocknet hat, liest er die Zeitung, aber er findet nichts, was seine Fragen beantworten könnte.

Anschließend sucht er die Bilanz von KVE im Internet. Kasper Vladow liefert ständig mehr Energie. Aber bedeutet das auch, dass er die Schachtel gefunden hat?

Er kann auch viele Stecker bekommen haben und nicht alle schöpfen die 500 MW schon aus. Von der

Kirche ziehen inzwischen vierzehn Nachbarn ihren Strom und ein langes Erdkabel wurde zur Schwebefähre verlegt, die seitdem ohne Kosten für den Trägerverein fahren kann.

Trotzdem musste sein Stecker im Keller des Pastorenhauses noch nie mehr als zwei Prozent der möglichen Spitzenlast liefern.

Bernhard macht sich Sorgen. Er muss unbedingt mit Kasper Vladow reden, aber er findet weder eine Telefonnummer noch eine Anschrift.

Bernhard hat eine Idee. Er ruft die Kriminalpolizei in Hamburg an und lässt sich so lange verbinden, bis er endlich Kommissar Buck am Apparat hat: „Erinnern Sie sich an mich? Der Pastor aus Oosten.“

„Selbstverständlich“, hört er skeptisch aus seinem Hörer. Buck wartet.

„Haben Sie von dem Unfall mit dem Google-Auto gehört?“, fragt Bernhard.

„Nein, ich habe heute noch keine Zeitung gelesen und polizeilich ist es wohl nicht in unserer Zuständigkeit passiert. – Worum geht es denn?“ Er hat seine Skepsis noch nicht abgelegt.

„Bei dem Unfall sind Isaac Newborg und Albert Berg getötet worden. Erinnern Sie sich an die beiden?“

„Ja, auch an die beiden Herren erinnere ich mich", es entsteht eine Pause, während Bernhard auf eine weitere Reaktion am anderen Ende der Leitung hofft.
Die kommt, als Buck fragt: „Sehen Sie einen Zusammenhang mit dem Unglück von Wolfgang Trasom?"

„Suchen Sie immer noch nach Kasper Vladow?", antwortet Bernhard mit einer Gegenfrage. „Er ist auffällig im Internet als Energielieferant tätig. Da kann es eigentlich nicht so schwierig sein, ihn zu finden, oder?"

„Demnach wissen Sie wirklich nicht, wo er ist", nimmt Buck den Gesprächsfaden auf. „Aber warum wollen Sie es wissen? – Erzählen Sie uns dafür lieber, was in Oosten auf der Schwebefähre passiert ist."

„Es gibt vieles, das ist geheimnisvoll, aber nicht geheim. Es gibt Energiequellen, die erzeugen so viel Strom wie ein großes Kraftwerk. Darüber gibt es so einiges im Internet zu lesen, aber es existieren dort auch etliche seriöse Seiten, die das Ganze als Unsinn entlarvt haben und sich darüber lustig machen. Ich habe Ihnen schon einmal die Wahrheit gesagt und wurde dafür ausgelacht..."

„Dafür möchte ich mich gerne noch einmal entschuldigen", unterbricht Buck seinen Satz.

Bernhard erinnert sich nicht, dass Buck sich bei ihm schon einmal entschuldigt hätte. Freundlich spricht er weiter: „Wenn es Ihnen nichts ausmacht, würde ich Ihnen in Oosten gerne so eine Energiequelle zeigen. Danach können wir über Kasper Vladow sprechen."

Sie verabreden sich für den nächsten Tag.

Am Abend setzt sich der Pastor alleine auf die Kirchenbank, wo er einen ganzen Abend mit Kasper saß. Er sieht wieder auf das Abendmahl und denkt bei sich, ob er erneut einen Verrat begeht. Judas sieht ihn aus der Leinwand an, als wolle er fragen: „Ich denke, Kasper ist dein Freund?"

Aber Bernhard hat Angst. Für ihn ist es offensichtlich, dass es sich bei dem Unfall nicht um technisches Versagen handelt, sondern dass es eher um technische Perfektion geht.

Hat Kasper das System irgendwie unter seine Kontrolle gebracht? Gibt es die Schachtel wirklich? Bernhard hat sie nie gesehen.

Am nächsten Tag kommt Kommissar Buck zur verabredeten Zeit nach Oosten. Er sagte frei heraus, er glaube nicht daran, dass aus dem Nichts heraus Strom erzeugt werden kann.

Bernhard zeigt ihm den Stecker in seinem Keller, aber er ist für Buck kein Beweis, denn der Strom könnte von überall eingespeist werden. Und Bernhard möchte die Stromversorgung nicht trennen, weil sonst viele seiner Nachbarn und die Fähre ohne Energieversorgung wären.

„Aber sei es, wie es ist", sagt Buck, „mich interessiert der Mord auf der Schwebefähre. War es Kasper Vladow und was hat es mit dem Unfall von Newborg und Berg auf sich?"

„Kasper hat mit dem Mord nichts zu tun, Wolfgang Trasom war sein Freund. Aber ich dachte, auch Isaac und Albert wären mit ihm befreundet", fügt er nachdenklich hinzu.

Das Handy des Kommissars klingelt. „Ja, hallo. Hallo? – Moment, hier ist schlechter Empfang." Er steigt die Treppe aus dem Keller nach oben, „Ist es jetzt besser? – Wo? Sind Sie sicher? – Seit wann? – Gut, schicken Sie mir die Adresse des Krankenhauses aufs Handy, ich fahre sofort los."

Er beendet das Telefonat und steckt sein Handy zurück in die Tasche. Dann sagt er zum Pastor: „Kasper Vladow liegt in Bremen im Krankenhaus."

„Ist das Zufall, was hat er?"

„Ich muss leider sofort los", sagt Buck.

„Nehmen Sie mich mit, dann können wir im Auto weiterreden."

Buck überlegt kurz und ist einverstanden. Sie fahren mit Blaulicht, das der Kommissar bei Bedarf aufs Dach stellen kann.

„Warum wurde Wolfgang Trasom getötet?", möchte der Kommissar während der Autofahrt wissen. „Sie sagten, Kasper war es nicht. – Aber ich hatte bei ihm das Gefühl, dass er ein Motiv kennen könnte."

Kasper hatte Bernhard verraten, dass Wolfgang vermutlich wegen des Diebstahls der Kugeln sterben musste. Er erklärte ihm auch, wie sie das andere Renalgejum von Musca von der Fähre holten, ein Ausflug, den der Pastor bis heute nicht recht glauben kann.

Aus diesem Grund versucht Bernhard gar nicht, den Kommissar in seiner logischen Welt zu stören, und antwortet lapidar: „Es ging, glaube ich, um Edelsteine. – Aber etwas Genaueres weiß ich nicht.“

Das weitere Gespräch im Auto ist freundlich.

An einer roten Ampel erzählt Buck stolz, dass bald die komplette Verkehrsführung in Deutschland über einen zentralen Rechner gesteuert wird. Trotz höheren Verkehrsaufkommens gibt es schon jetzt weniger Staus auf den Straßen.

Als sie das Krankenhaus erreichen, bleibt Bernhard wie selbstverständlich an der Seite des Kommissars, der sich mit seinem Polizeiausweis Zutritt bis zur Intensivstation verschafft, auf der Kasper liegt.

„Was ist mit ihm passiert?“, fragt Buck den leitenden Arzt, der gerade den Gang entlangkommt.

„Herzversagen. Er verstarb bereits im Rettungswagen. Aber die sind zum Glück neuerdings alle mit einem modernen Tablet ausgestattet. Er wurde vom System, das die Medikation automatisch durchführt, hierher umgeleitet, weil hier die meisten Patienten auf seine Organe warten.“

138

„Aber Kasper wollte niemals seine Organe spenden, das hat er mir selbst gesagt", platzt es laut aus Bernhard heraus.

„Wer sind Sie überhaupt?", möchte der Arzt daraufhin wissen. „Sind Sie auch von der Polizei?"

„Ich bin ein Freund", sagt er nun schüchtern.

„Haben Sie eine Patientenverfügung dabei?", fragt der Arzt unfreundlich und signalisiert mit seiner Körperhaltung, dass er ihn jeden Moment aus dem Zimmer schicken wird.

„Er wurde vom System hierher umgeleitet", hört Bernhard noch einmal den eben gesprochenen Satz in seinen Gedanken, als er vor der Tür auf den Kommissar wartet. „Wer hat den Krankenwagen gerufen? Wo hat Kasper gewohnt?", fragt er aufgeregt, als Buck endlich herauskommt.

„Das wollte ich auch wissen, aber die Daten sind gesperrt. Datenschutz! - Als ich sie dennoch verlangte, gab es einen Systemfehler. Die Techniker arbeiten heute nicht mehr."

Sie gehen den langen Krankenhausflur entlang. Im Pausenraum haben drei von fünf Pflegern ein Mobiltelefon in der Hand.

„Ist es nicht erstaunlich, wie viele Daten in diesem Moment über solche Geräte in die Welt gesendet werden?", sagt Bernhard und deutet mit einer kurzen Kopfbewegung zum Personal.

„Meine Tochter beschwert sich, weil wir nur eine fünfzigtausender Leitung haben. Aus ihrer Sicht könnten es ruhig noch ein paar mehr Daten sein."

Bernhard reagiert nicht auf diesen Einwand.

Buck nimmt selbst sein Smartphone in die Hand und sucht die schnellste Verbindung nach Hause. „Kommen Sie von hier mit der Bahn nach Oosten? Über die Autobahn bin ich von hier zwei Stunden schneller, als wenn ich über die Dörfer fahren muss."

„Geht schon", sagt Bernhard.

Als er bat, beim Kommissar mitfahren zu dürfen, hatte er sich keine Gedanken über seine Rückfahrt gemacht.

Von Bremen muss er mit der Bahn auch über Hamburg fahren, aber er ist vermutlich sogar schneller, als wenn er Buck fragen würde, ihn bis dahin mitzunehmen.

„Ich hole mir noch einen Kaffee", sagt er zu Buck und zeigt auf einen Automaten, an dem sie vor ein paar Metern vorbeigegangen sind. Ohne dem Kommissar die Wahl zu lassen, ob er auch einen möchte, gibt er ihm zum Abschied schnell die Hand.

Vor dem futuristischen Kaventsmann, der nur für das Aufbrühen von Kaffee erfunden wurde, wartet er, bis Buck in den Fahrstuhl gestiegen ist. ‚videoüberwacht' steht auf einem Schild am Automaten. „Du weißt bestimmt, dass ich gar keinen Kaffee mag", sagt er zu dem Gerät und lächelt in die Kamera dem System zu.

Dann geht er weiter zurück und sieht durch die Fenster von Kaspers Zimmer.

„Warum hat das System dich getötet? – Hattest Du die Schachtel?", flüstert er. Bernhard hat, zu Monikas ständigem Bedauern, immer noch kein WhatsApp. Sein Handy liegt, so wie auch jetzt mal wieder, fast nur Zuhause herum.

Ein Pfleger kommt aus dem Pausenraum direkt auf Bernhard zu. Während er noch überlegt, ob er hier vor dem Fenster stehen darf, fragt der Mann: „Sind Sie der Pastor aus Oosten?"

„Ja", sagt Bernhard überrascht.

„Diese Nachricht kam eben auf dem Gerät von Kasper Vladow für Sie an." Er gibt ihm das große Tablet.

Bernhard liest:

Nun macht die Wissenschaft Lärm. Über drei Jahre hinweg haben 145 Forscher des Weltbiodiversitätsrates IPBES, das Pendant zum Weltklimarat IPCC, das Wissen über den Zustand der Erde aus 15.000 Quellen zusammengetragen, analysiert und bewertet. Am Montag stellten sie eine rund 40-seitige Zusammenfassung des umfangreichsten Berichts zur Vielfalt der Arten in Paris vor – mit einem erschreckenden Ergebnis: Eine Million Tier- und Pflanzenarten sind vom Aussterben bedroht – mehr als jemals zuvor in der Menschheitsgeschichte. Viele von ihnen werden die kommenden Jahrzehnte nicht überleben. ‚Die Gesundheit der Ökosysteme, von denen wir und alle anderen Arten abhängig sind, verschlechtert sich schneller denn je‘, mahnte der IPBES-Vorsitzende.

Drei Viertel der Landfläche sind durch den Menschen verändert. Die Wissenschaftler haben das größte Artensterben seit dem Verschwinden der Dinosaurier von der Erde dokumentiert.

‚Es ist erschreckend, wie stark sich der negative globale Trend in allen Aspekten der Biodiversität und des Zustands der Ökosysteme abzeichnet‘, sagt eine Professorin vom Karlsruher Institut für Technologie und eine der Leitautorinnen des Berichts.

Und überall hat der Mensch seine Finger im Spiel.

Auf dem Gerät springt ein Pop-up-Fenster auf. „Stimmen Sie dem Inhalt des Artikels zu und wollen wir gemeinsam etwas ändern?", steht darauf mit den Buttons JA und NEIN zur Auswahl.

Bernhard ist verwirrt. Warum ‚wir‘?, denkt er. Sucht sich das System einen Pastor als Verbündeten? Er schließt den Browser über das Betriebssystem, ohne eine Antwort auf die gestellte Frage zu geben.

Wer weiß, dass er hier ist, wie kam die Nachricht auf das Gerät von Kasper? Wie funktioniert das? Bernhard sieht zum verdächtigen Kaffeeautomaten. Die bunten LED-Streifen blinken zufällig vergnügt einmal auf.

Das System tötet Menschen, möchte aber gemeinsam mit ihm die Welt retten.

Aus der Historie des Tablet notiert er sich hektisch den Absender des Artikels. Er bringt dem Pfleger das Gerät zurück und fragt, ob er einmal telefonieren dürfe.

„Damit hätten Sie doch auch telefonieren können“, sagt dieser genervt, reicht ihm aber doch den Hörer des Festnetzanschlusses. Wie in einer Meditation streichen die anderen Kollegen im Hintergrund weiter über die schwarzen, glänzenden Scheiben ihrer Handys.

„Hallo, Kommissar Buck. – Ja, ich bin es noch mal. – Können Sie mir den Absender einer Internetseite ermitteln? Auf dem Gerät von Kasper Vladow kam eben eine merkwürdige Botschaft an.“

„Was für eine Botschaft?“, möchte Buck wissen.

„Na, über den Zustand der Erde“, antwortet Bernhard.

„Was ist daran merkwürdig?“, fragt Buck, aber nach einigem Hin und Her fährt er kurz rechts ran, um sich die Adresse der Seite zu notieren. „Ich lasse sie gleich in das System eingeben“, verspricht Buck. „Ich melde mich sofort morgen früh bei Ihnen.“

Nachdem sich Buck den nächsten Morgen nicht bei ihm gemeldet hat, ruft Bernhard von sich aus auf dem Kommissariat an: „Ist Kommissar Buck zu sprechen?“

„Es tut uns Leid“, kommt die Antwort vom anderen Ende. „Kommissar Buck hatte gestern einen schweren Verkehrsunfall. Kurz nachdem er von der Autobahn abbog, gab es eine technische Störung an einer Ampelkreuzung. Gerade als Buck auf diese Kreuzung fuhr, sprangen alle Signale auf Grün.“

hex#0F

{script
//- - Diese Ergänzung ist nicht vom Autor und wurde vom System aus dem Internet automatisch eingefügt. - -//

Neue Gefahr für die Schachtel.
Noch ein Mensch hat das Buch gelesen.
/script}

Fünfzehn

Pass doch auf !